太陽を灼いた青年

アルチュール・ランボーと旅して

井本元義

目次

◆ヴェルレーヌ終焉の家

旅をしている時に、名前だけでも知っている芸術家の住んでいた家や記念碑に出会うと嬉しいものだし、それだけでまた旅の印象が強く残ることがある。そんな目的で行こうとすると前もって資料に目を通していくので、さらに旅情は深くなる。訪れて喜んでいるだけではない。その作品を思い浮かべながらその家の壁を触ったり、机に手で触れてみたりすると一種の感動になる。はたしてそこから何かのエキスをもらえるのではないかと欲張ってしまう。次に書く作品にいい影響を与えてくれるのではないかと。

四十五歳がヨーロッパの旅の始まりだった。最初に、印象に残るものを見つけたのはほんの偶然からだった。その感動はすぐに次の喜びへの模索へと変わった。それからは目的を決めてそれぞれの場所を訪れるようになった。文学だけでなく絵画やその時代にもさらに興味が増した。そして行き当たりばったりに感想をあちこちの雑誌やブログに書いてきた。すると一貫性のある方向性はないがいつかシリーズとして整理してみたいという気持ちになった。また散歩の記録としても残したかった。生きて歩けて文章が書ける限り続けたい。同じ場所を訪れる誰かが、僕が書いた感想をふと思い出してもらえるかもしれないと想像してみたりする。

初めてヨーロッパを訪れた時は、疲れ果てるまで歩き続けるのは誰しものことだろう。はっきりとした目標がなくても古い雰囲気のいい路地などに入り込んだりすると胸のときめきはひとしおだ。パリでの僕の第一の発見は迷い込んだ古い「ムフタール通り」だった。その通りを示すプレートを見た時に僕はあっと声をあげそうになった。昔、夢中になって読んだ『レ・ミゼラブル』の一節、「マリユスが小走りでムフター

ヴィクトル・ユーゴー（1802~1885）

la maison de Verlaine
RESTAURANT
CUISINE FRANÇAISE TRADITIONNELLE
La Maison de Verlaine

ラ・メゾン・ド・ヴェルレーヌ

Dans cette maison est mort
le 8 janvier 1896 le poète
Paul VERLAINE
né à Metz le 30 mars 1844
Hommage des amis de VERLAINE
29 juin 1919

ポール・ヴェルレーヌ（1844~1896）

ル通りを行くと……」が思い出された。ジャン・ヴァルジャンの娘のコゼットを愛する青年マリユスである。まさにあの物語の、その歴史の真っただ中にいるのだ。五百メートルほどの通りの両側には古いレストラン、カフェ、小さな劇場、菓子屋、魚屋、八百屋、ワイン屋、チーズ屋が隙間もなく並んでいる。朝市が終わったばかりだったのだろう。石畳にはこぼれた果物や野菜が踏みにじられたまま甘い匂いを漂わせている。魚屋の氷はまだ棚に溢れている。レストランは開店の準備中だ。買い物客、急ぎ足の人、散歩の人で狭い通りはいっぱいである。

ムフタール通りは短いデカルト通りにつながる。エリート高校のアンリ四世校がある。それはパンテオンの裏に当たる。僕は絵文字のようなレストランの名前を一つ一つ読んでいった。ぼんやりした頭に突然響くものがある。「ラ・メゾン・ド・ヴェルレーヌ」。上の階のアパルトマンの壁にプレートがある。「ポール・ヴェルレーヌ、一八九六年ここで死す」傍に寄り、煉瓦の古い壁を撫でてみる。うっとりとその感触に浸る。何かあたたかい。「巷に雨の降るごとく……」「秋の日のヴィオロンの溜息の……」がすぐに浮かぶ。大好きな詩人の一人である。この感動は夢ではないか。現実としてこんなにヴェルレーヌが身近に感じられるとは。

彼は、(アルチュール・ランボーとの仲でも知られているが、そのことはまた別に書くとして）五十二歳でこのアパルトマンで死んだ。晩年は酒と不摂生のため病気がちで養護施設を転々とした。時々詩を書いて少しの金を稼ぎながら、国から救済金をもらい、娼婦にも養ってもらっていた。専門家に言わせると初期の詩はすばらしいが、晩年の詩はあまり評価されていないらしい。それでもいろんな詩人が彼を見守り応援していた。

ある晩、彼は同棲中の娼婦と喧嘩をする。彼女は怒って出ていく。翌朝帰ってみるとヴェルレーヌはベッドから落ちたまま死んでいた、ということらしい。寒い冬の朝だった。友人たちが駆けつけた。マラルメが遠いフォンテンブローから駆けつけた時はデスマスクをとっている最中だった。葬儀はすぐ近くの教会、サンテティエンヌ・デュ・モンというパリの守り神の由緒ある教会で執り行われた。当時、詩の王といわれていたポール・フォールが葬儀の様子を詩に書いている。息子は参加しなかった。さんざん母親を苦しめ悲しませたからだった。

そのアパルトマンを見上げながら、この階段を今すぐにでも上って行けたらなどと楽しい感慨にふけっていると、レストランから出てきた男がもう一つのプレートを指してくれた。「日本の作家、辻邦生が住んでいた」と書かれている。近くのソルボンヌ大学で教えていたこともあったらしい。普通、存命中はプレートには書かれないと思うのだが。確かまだその時は彼は亡くなってはいなかったと思う。僕は彼の作品をあまり好きではない。何冊か読んだが何の感動もなかった。物書きとしての格の差は大きいにもかかわらず、僕は生意気にもその建物に住んだ辻邦生に嫉妬を感じた。

　このレストランにはパリに来るたびに一度は寄って、友人たちと食事をする。蛙や兎の料理がおいしい。ただレストランはヴェルレーヌとは何の関係もない。

◆パリのヘミングウェイ

　さらにもう一つのプレートを見つけた時、僕はもう一度感動した。「ヘミングウェイここに住む」とある。彼もまた、ヴェルレーヌからなにかのインスピレーションをもらおうとここに住んだのだろうか。彼のエッセイ集、彼はこれを小説として読んでもらってもいいと言っているが「キリマンジャロの雪」にパリでの生活が書かれている。日々の生活はもとより、季節の移り変わり、歓び、悲しみ、友人たちとの交流、青春が生き生きと書かれている。アフリカ猛獣狩りやスペイン闘牛などの豪快な思い出を呼び起こすヘミングウェイよりも、パリでのややセンチメンタルな感じさえする彼の作品の方が僕は好きだ。彼が終日座ってタイプを打っていたカフェ、好きな友人

アーネスト・ヘミングウェイ（1899〜1961）

と会うカフェ、懐かしい通りや広場、それらを夢中になって読んだものだった。ただ彼の心情やあたりの雰囲気を感じることが出来ても横文字の固有名詞はもうすっかり忘れてしまっていた。それらが瞬時に蘇ってくる。彼はここに住んでいたのか。パリに来る前にもう一度「キリマンジャロの雪」を読んでおくのだった。

僕の興奮は高まるばかりだった。すると、あのムフタール通りがデカルト通りと別れる角が「コントルスカルプ広場」ではないか。真ん中に大きな桐の樹が二本立っている。その周りを、向かい合った二つのいつも混んでいるカフェとイタリアンレストランと通りが囲んでいる。春の終わりころになると、美しい紫の桐の花が咲く。彼はその日によってどちらかのカフェで作品を書きながら座っている。夜は街灯に花の紫が浮かび上がるはずだ。若者たちのおしゃべりや笑い声は雑音ではなく楽しい喧騒だ。時折、ワイングラスが割れる音がするがそれも美しい。

「キリマンジャロの雪」から情景描写の文章を引用したいが限りがない。が、一つだけ心に残るシーンがある。アフリカで死にか

コントルスカルプ広場とカフェと桐の花

けている青年が思い出すのがこの場所だ。ベッドで身動きできない主人公はただ死を待つだけだ。テントの外ではハイエナがうろつきながら彼の死を待っている。次第に弱っていく意識の中で彼は思い出す。

「彼がこれほど愛しているパリの街区は、ほかにない。あの、てんでに枝をのばした木々、下のほうが茶色に塗られている白い漆喰《しっくい》の壁の古い家々、あの円形の広場に止まる緑色の長い車体のバス、歩道にこぼれた紫色の花の染料、セーヌに向かって急角度で丘を下ってゆくカルディナル・ルモアーヌ通り、そして、それとは反対側に伸びているムフタール通りの狭い、込み入った町並み。パンテオンに向かって登ってゆく道もよく歩いたし、もう一つの道はいつも自転車で走ったものだ。」

「キリマンジャロの雪」高見浩訳より

キリマンジャロの青年は、ヴェルレーヌが死んだという建物の一番上を借りたと書いてある。そこからパリ中の屋根と煙突とあらゆる高台が見えたと。雨の降る日は、ヴェルレーヌの詩のようにポトポトとトタン屋根を打つ音が聞こえただろう。また彼はいつも書いている。寒いパリに春がやって来ようとしてなかなか来ない時がとても悲しい、と。作品を書きながら自信に満ちていたかどうか、生活の心配と才能への不安がどのように彼を捉えていただろうか。
二、三年前だったか、アメリカ映画で『ミッドナイト・イン・パリ』というのを観た。なぜかやむなく三回も観るはめになった。同じ映画を三回も観るのは初めてだったが悪い気はしなかった。主人公がヘミングウェイ、ピカソ、ガートルード・スタイン、フィッツジェラルド、ゼルダ、その時代の踊り子ジョセフィン・ベイカーなどと会う一九二〇年代へのタイムスリップの物語だ。
また懐かしい場面がいくつもあった。主人公とヘミングウェイが初めて会うのが「ポリドール」というオデオン座近くのサン・ジェルマン・デ・プレの古いレストランだ。ガイドブックで、昔の詩人たちがよく通っていたと読んだことがあったので何度か行った。料理は安くてボリュームがありいつも満員だ。昼の日替わり定食は学生にも人気がある。壁には一八四八年創業と書いてある。僕自身もそこでまた貧乏だった頃のヘミングウェイと出会ったような気がした。初対面の人にはやや不遜な態度に見えるが、

ポリドール

内面はナイーブでセンチメンタルな青年だった。

他にも、ヘミングウェイが通ったというレストランはガイドブックにはたくさん掲載されている。高級なホテルリッツのアメリカンバー、リュクサンブール公園の南端にある、クローズリー・デ・リラ、サン・ジェルマン・デ・プレのリップ、など。どれも彼が成功してから通った店ではないだろうか。どの店もギャルソンは威張っている。

ムフタール通りのほかのこと

「ラ・メゾン・ド・ヴェルレーヌ」の小道を挟んだ向かいに「バー　バトー・イーヴル」がある。「酔いどれ船」と訳される。ランボーが十六歳と少しで書いた最高傑作の一つである長詩から名付けられたに違いない。ランボーが故郷のシャルルビルからヴェルレーヌにこの詩を送る。感動したヴェルレーヌはランボーに「来たれパリへ、偉大なる魂よ」と手紙を送る。ヴェルレーヌは

バトー・イーヴル

このようなすばらしい詩を書く男は、三十代のインテリ、着こなしも素晴らしい堂々とした男、と想像していたらしい。ところが初対面のランボーは服は汚く髪はぼさぼさ、しかも少年、ということで驚く。ただしその美少年ぶりにさらに驚く。

店は狭い。入り口のドアのガラスには破れかけた紙が貼ってあるが、それは「酔いどれ船」の詩。中は小さな立ち飲みのテーブルが二つ、四、五人用のテーブルと椅子、あとはカウンターに四人ほどしか座れない。壁は漆喰が剝げ落ちた煉瓦、煤けた天井にはランボーの顔が書いてある。客は学生ばかりだろう、音楽は激しいロックだ。ウイスキーを頼むと、なんでこんなところに老けた日本人が一人で、と不思議そうに無愛想に運んでくる。しかし僕は大満足である。彼らの仲間にちょっとでもなった気分になる。

その後このバーにはしばしば来たが、ある時がっかりした。いつの間にかテレビが入り、サッカーの試合中継をしている。多勢の若者で盛り上がっている。それ以来、店に入るのはやめた。前を通り「バトー・イーヴル」という店の名前を見るだけで満足するしか仕方がない。それから数年経った二〇一九年、訪れてみると貸家の看板が掛かっていた。淋しいことこの上ない。

ついでだが、セーヌ川の島、サンルイ島にやはり「バトー・イーヴル」というバーを見つけた。目立たない静かな店だった。しかしここもしばらくして行くと、インターネットカフェに変わっていた。フランス人の友人に聞くと、心配いらない、フランス中に「バトー・イーヴル」という店はたくさんある、とのことだった。

近くにはパリ大学の校舎がばらばらにあるので、通りのそばには学生食堂もある。誰でも入れるが学生とは価格が違うのかどうかまでは確かめていない。自分で自由に選んでフルコースにも出来る。安いのでしばしば使った。がそれもある時に駄目になった。学生証とそれにお金をチャージしておかないと利用できなくなった。九・一一以降のことだ。何でも少しずつ変わってしまう。

◆パンテオン

どちらかというと裏通りのような、ムフタール、デカルト通りから表へ出ると、今は丘ともいえない街並みのジュヌヴィエーヴの丘に大きなドームのパンテオンが建っている。日本語では「聖廟」「万神殿」といわれる。地下にはフランスの偉人たちの棺が納められている。フランス革命の時に決められたそうだ。文学者でいうと、デュマ、ユーゴー、マルロー、ヴォルテール、ゾラなど。他にはキューリー夫妻。

数年前にミッテラン大統領の国葬でパンテオンに埋葬される儀式をテレビで見た。厳粛だった。また最近では、当時の大統領のサルコジがカミュをそこに入れたいと言い出した。

カミュの子供の双子の姉が政治利用されそうだと反対した。弟は乗り気だったらしいが。

一階は大きなドームの厳かな空間のままで床には水が張ってある。十九世紀の中ごろ、フーコーという物理学者が天井からおもりを吊るし振り子の角度が変わってゆく様を観測し、地球の自転を証明した。

パンテオンの正面に彫られているのは「偉人たち」というフランス語で、その名前のホテル「グラン・ゾム」がパンテオンの右にある。一度前を通りかかったら、「ブルトンなどシュールレアリストたちがここに集まった」と書いてある表示があった。高そうなホテルだったのでロビーには入らなかった。シュールに関しては興味がありある程度読んだが、深くのめり込んではいないのでその程度で終わった。

パンテオン

ただ、一九二四年のシュールレアリズム宣言は貧乏詩人たちの集まりだったはずで、こんな高級ホテルであったとは不思議だ、と思ったのはしばらくしてからだった。それを調べているうちに画家の佐伯祐三が一九二八年に死んだのもこのホテルだったとわかった。彼も貧乏だった。ある時福岡大学の藤本教授が教えてくれた。このホテルは第二次世界大戦が終わってから改築されて高級ホテルになったと。

パンテオンとホテルの間の歩道では、散歩するたびに貧しい女性が毛布にくるまって物乞いをしているのをみかけた。ある雨の夕方も濡れながら毛布を被って寝ていた。もう亡くなっているだろう。十年ほど前のことだ。

パンテオンに向かって左には古典の劇作家、コルネーユの美しい像が立っている。ラシーヌ、モリエールと並んで評価される作家らしいが読んだ記憶がない。その像の向こうに先に述べた、サンテティエンヌ・デュ・モンという古い教会がある。ヴェルレーヌの葬式があった教会でなんとなく雰囲気のいい教会なのでよくそこに座って時間を過ごしたものだった。ある夕方、訪れるとたくさんの人が音楽を聴いている。パイプオルガン演奏「トッカータとフーガ」だった。ＣＤではいつも聴いているものの本物のパイプオルガンは初めてだった。僕はとても感動した。その荘厳な響きは神への捧げものではなく、むしろ人を地底深く引きずり込もうとする得体のしれない力に思われた。その深淵にさらに深く音が鳴り渡っていく。しかしその果ては暗黒ではない。美しい無限の虚空である。それに引きずり込まれまいと逃げようとするが人の力ではもうどうしようもない。逃れようとする意志を無視して、音楽は強引な力で聴く者が虚無の淵へと墜ちていく愉楽の誘惑を奏でる。

その時、次の作品の内容はともかく、題名だけは、「トッカータとフーガ」にする　と決めた。いつ書きあがることになるかわからないままだったが。

◆スフロ通り

パンテオンを背にして、なだらかに下っていくスフロ通りで、「パンテオンの設計者の名前」を見下ろすと先にあるのがリュクサンブール公園の緑だ。そのずっと先にはエッフェル塔が見え

サン・ジュヌビエーヴ教会（サンテティエンヌ・デュ・モン）

る。それは夜になると光る。九時などちょうどの時間には煌めく。

スフロ通りの中ほどを横切っているのがサンジャック通り。パリでは相当に古い通りである。それを右手に曲がるとソルボンヌ大学の裏口がある。表に回ると学生たちがたむろする広場にカフェが並ぶ。年に一日、十月にパトリモワンヌという日には国立の建物を誰でも見学出来る。ある年、エリゼー宮に行こうと思ったが、行列で待ち時間が四時間と言われてやめた。そのかわりにソルボンヌ大学の見学をした。図書室、会議室、教室、講堂など、中庭にはユーゴーの大きな像があった。若い頃そこで勉強しようと思ったことも思い出す。

この広場に面した大学の正面口からスフロ通りに向かう途中に、小さな二つ星のホテル・クルニューがある。一八七二年六月、アルチュール・ランボーが親友ドラエーに書いた手紙に、このホテルに泊まっていることが記されている。通りから覗くとガラス窓からランボーの写真が見える。これについてはまた後で述べる。

路地に入ると小さな映画館が二軒ほどあり、一カ月間の黒澤明月間とか、オールナイト北野武などもあったりする。古い白黒の、ジェラール・フィリップ、ブリジット・バルドーなど有名な俳優のデビュー作品なども観ることが出来る。老夫婦が順番を待って並んでいる。安いので僕もしばしば通った。

スフロ通りを横切っているサンジャック通りを左に曲がると、古きよき時代を彷彿とさせる界隈に出会う。歴史のあるワイン屋、古本屋、地元の料理屋からヴェトナム、中華、チベット、トルコ料理屋、八百屋、肉屋がぎっしり並んでいる。その先、ゲイ・リュサック通りに出会うところが大学の水産学部で、建物の玄関の上には蛸の飾りがある。最近では日本と同じキンコーズのようなコピー屋も、ネットカフェも並んでいる。

十五世紀、ソルボンヌ大学を卒業した、フランソワ・ヴィヨンという詩人が喧嘩の末にある司祭を殺したというのがこの通りである。学生時代から無頼狼藉ものだった彼は卒業しても窃盗強盗団から抜け出せず、無宿人、いかがわしい宿の常連でこのあたりを根城にして暗躍していた。何度も捕まり、牢獄でも詩を書き、ついには死刑判決まで受けるが恩赦で出てくる。そして十年間のパリからの追放、そのうちに人知れず消えていった。どこかで殺され捨てられたままだったのだろう。彼の残したのは音韻をきれいにとった美しい古詩である。

彼は一四三〇年生まれ。その時代とは、ジャンヌ・ダルクが処刑された頃で、その十年あとにはグーテンベルクが印刷術を発明、そのまた十

フランソワ・ヴィヨン（1431〜1463）

年後にレオナルド・ダ・ヴィンチが生まれた、という頃である。

「御存知の如く、往古のフランソワ・ヴィヨンは威風堂々と酒場から酒場へと呑み歩いては奪略を行ひ、其処には群衆の歓呼の声の雑踏と、風塵のやうな狂へる華麗な街の殺戮とがあった」

吉野信夫「日本のフランソワ・ヴィヨン」『ヴィヨン詩集成』（天沢退二郎解説）より

今はその華やかさはないが、舗道の石畳一枚一枚にまで古さを感じながら歩く。もちろん当時はパンテオンもリュクサンブール公園もない。闇夜に猥雑で妖艶な繁華街が浮かぶ。

リルケも初めてパリに出てきた時はこの辺のホテルに泊まったらしいが、調べていないのでどこかわからない。ポール・ヴァレリーの最初のパリもこのあたりだった。ホテルの名前はわかったが残っていなかった。変哲もないあまり変わり映えのしないアパルトマンの壁に、「ここにピカソが住んでいた」というプレートを見つけたこともあった。

妻が死んだ後、お手伝いに来ていた兄の娘を、すなわち姪っ子を犯し妊娠させてパリへ逃げてきていた島崎藤村もこの通りのホテルに泊まっている。小説「新生」に詳しく書いてある。リュクサンブール公園の薔薇園も彼のお気に入りだった。サンジャック通りの果てのポール・ロワイヤル通りにあたる近くに彼のアパルトマンはあった。地味な建物だが僕には懐かしい。「初恋」や「千曲川」の詩、「破戒」などの小説もいいが、この「新生」は身近に感じられて胸を打つ。

　このポール・ロワイヤル通りを右に行くとモンパルナス、左手すぐにサンテ刑務所がある。この刑務所については後の章でいろいろ書きたい。

　パンテオンと向かいあったリュクサンブール公園は僕の好きな公園の一つである。宮殿、泉、薔薇園、花壇、小劇場、音楽堂、乗馬、ペタンク場がある。春には広場以外を木々の緑とマロニエの純白の花々が覆う。数十もある胸像、ヴェルレーヌ、ボードレール、ヴェートーベン、サンド、どれも一流である。メディシスの泉の周りには椅子に座って何時間も水を眺めている人、老人も若者も。時々、鳩の糞が肩に落ちてくるのもかまわずに。

島崎藤村が好きだった花園

かつてジャン・ヴァルジャンが幼いコゼットを毎日散歩に連れて行ったのがこの公園だった。マリユスはその時からこの二人には度々会うのだが、特別な興味は持っていない。ところがある時、成長したコゼットは突然、美しい女性に変身していたのだ。

昼になると、僕はサンドイッチと缶ビールを持ってそこへ行く。花壇の前のいい場所をとると居座る。ウォークマンと本と昼寝で時には八時間もそこに座っていることがある。シンフォニーはマーラーやブルックナーに浸る。本は何度目かのドストエフスキー、いつかゆっくり読んでみたかったトーマス・マン。昔日本にいたという老人が話しかけてきたりする。またある時、誰かが僕に小石を投げつけたのではないかと思ったこともある。時間をおいて時々小石が飛んでくる。人種差別か、と身構える。なんのことはないそれは、マロニエの実がはじけて落ちてきたのだった。

休日は野外音楽堂で演奏がある。みんな気ままに聴いている。もちろん無料なのだが、費用はどこから出ているのか。パリ市の観光課などの予算だろうか。

夏の夕方は遅くまで明るい。九時くらいになってやっと薄暗くなる。陽の落ちるまでの時間の空は例えようもなく美しい水色に透き通る。もう何も考えずにじっと空を見ている。暗くなる前に警官が笛を鳴らして閉庭を知らせてまわるまで。

秋になると門の外でアラブの若者が焼き栗を売っている。いい匂いがする。

島崎藤村（1872〜1943）

パンテオンに向かって手前右手にパリ五区の区役所がある。それにつながって古いが立派で大きなアパルトマンがある。一階には薬草屋があって、ウインドウに時代遅れの薬の天秤が飾ってある。不思議な光景だ。横はカフェ、その横は銀行。そのアパルトマンを六回までエレベーターで昇り、狭い階段をさらにまた二階歩くと屋根裏部屋がある。二メートル×三メートル四方が僕の狭い部屋だ。石造りだからしっかりしている。分厚いドア。斜めの屋根と床の隙間にマットレスを引いてあるのがベッド。三十センチの四角の天窓が一つ。雨が降る朝は隙間から落ちてくる水滴に顔を愛撫され目が覚める。いつも壁に頭をぶつける。一応、近代的に改装しているので小さなシャワーとトイレ、流しとコンロが備わっている。野菜を刻んで少しのご飯をまぜて作るおかゆが朝食だ。今でも玉葱の匂いを嗅ぐと懐かしさが蘇る。

天窓を開けると法学部が見える。朝早くから夜は九時くらいまで授業が行われている。学生の頃『いとこ同志』という映画を観た。ジャン＝クロード・ブリアリという俳優、ニヒルで遊び人が通う法学部だ。その玄関が見える。

その横がジュヌヴィエーヴ国立図書館。学生たちが勉強している。順番待ちの列もある。参考までに行くことにした。入り口で登録しなければならない。写真もその場で撮ってくれる。職業欄に「詩人」と書いた。その頃僕はランボーの本を書いていて、「パリ・コミューン」について調べたいと思っていたのでその本を見つけると辞書を持って通うことにした。ほとんど単語の意味を調べるだけだったが、かなり参考になった。コピーも自由にとれた。

朝早く天窓を開けると、パンテオンの後ろから昇る真っ赤な神秘的な朝焼けが美しい。落ちる夕陽は建物にさえぎられて見えないが、その光がパリの反対側の東のはずれの丘に建つ集合住宅の窓ガラスや、近辺の教会の尖塔に映え、激しく燃えるようだった。暗くなると遠くのモンマルトルの丘に建つサクレ・クール寺院がライトアップされているのが見える。何とも物悲しい。

仕事を引退し、七十歳近くになってやっと僕はここに来ることが出来た。年に三カ月ずつ、三年間をここで過ごした。しかしもう昔憧れた貧乏学生詩人ではありえない。実業界に身を費やしてきた人生だったが、悔いはないにしても拭いきれない虚しさは残っている。いまさら仕方がないことだが、まだ学び、読み、書かねばならない。

ジュヌヴィエーヴ国立図書館

屋根裏部屋よりパンテオン

1 アルチュール・ランボーの故郷

アルチュール・ランボーについては数多の本が出版されている。それらによって世界中の若者に愛され、その情熱をさらに喚起する。僕もその一人だが、ここではその文学や語り継がれている生活を史実通りに書くことにあまり意味を感じない。孤独な散歩者、僕、が彼の足跡をたどって彷徨っていた若き日々の思い出を記すことに、幾分感傷的ではあるが、意味を見つけ

14～15歳のころの既に才能を発揮していたアルチュール・ランボー

たい。普通の本に書かれていないことを、足で探して見つけた時の歓びを記しておきたい。そしてその時々の詩を思い浮かべて、感動したことを僕は忘れることはないだろう。これは伝記ではないので順番も何もなく、ただ思いついたとおりに記していきたい。

最初に彼の生まれ故郷シャルルビルを訪れたのはもう三十年も前になる。僕の初めてのフランス旅行の時だった。フランス語もわからず、電車に乗るのも初めてだった。チケットを買うのもやっとであったので、何でも「ウイ、ウイ」と言っていた。とにかく買えたと思っていたが、帰国してよく見るとその切符はその気もない一等車だった。また列車に乗る時に、プラットホームで各人がコンポステという機械でガッチャンとしなければならないのも知らない。途中で検札がきてわけのわからないまま罰金（二万円以上だった）をとられたのに、僕は愛想よく車掌に笑い顔を向けていたような気がする。

五月一日だった。駅を出ると傍に大きな桜の木があって、たぶん八重桜か、その根元いっぱいにピンクの花びらが散っていた。いつも見ている花が、感動的だった。

シャルルビル

シャルルビル駅前

地図もないので売店の女性にやっとミュゼ・ランボーはと聞くと大体の方向を教えてくれた。あとは足で探すのは得意である。静かな町で石造りの家が並んでいる。中心の通りを抜け市役所前を通ってミュゼにたどり着く。その日は鈴蘭祭りで、フランス中の誰もが鈴蘭の小さな花束を売っていいらしい。老人や子供も小さなワゴンで売っている。帰りに一束買って売店の女性にあげようと思いながら通り過ぎる。

ミュゼは昔の粉ひき小屋というより工場か立派な石造りの古い建物だった。そこでは僕の知らない写真をたくさん見ることが出来た。十六歳でパリへ出奔し、様々な詩人たちとの交流で、不遜無頼に振る舞った頃、阿片やアブサンに浸りながら他を圧倒する詩を書き続けた頃。彼が愛した妹、母親の写真、手書きの原稿、アフリカでの生活など、展示品は涙が出るほど僕の心を高揚させ惹き付けた。彼の愛用のトランクとコーヒーカップ、ナイフ、フォークなど。彼が瀕死の状態でアフリカから帰国し、マルセイユで片足を切断して故郷に戻ってきた時、ずっとそばにあったものだ。そのカップに口をつけ、コーヒーを飲みたい、ナイフで何かを喰いたい、僕は真剣にそう思った。十七歳の頃の等身大の写真。僕は並んで写真を撮ってもらった。彼に会いたい、彼がいとおしい、僕はしばしの時間に酔った。

ランボーがアフリカから持ち帰った品々
ミュゼ・ランボーの展示

蔵書

ナイフ・フォーク

手紙

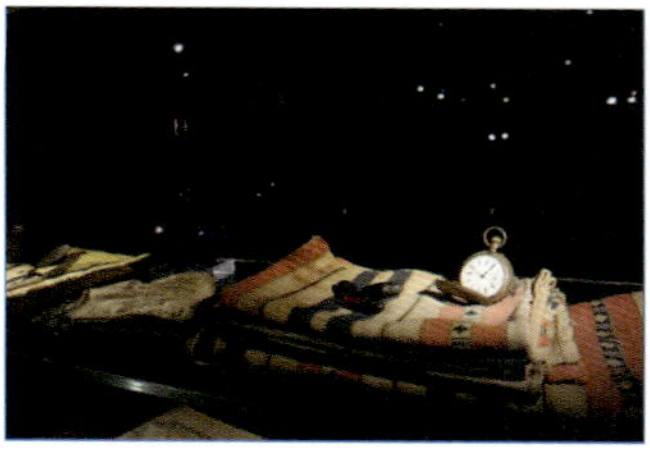

時計

ミュゼ・ランボー

受付の女性に、ランボーが「地獄の季節」を書いたという母親の里のロッシュ村がどこにあるか訊いたが、よく通じない。発音が悪いのが原因だとわかっている。やっとわかったが、そこはここから三十キロ先よ、と言われてあきらめた。

彼が生まれた家、住んでいた家、墓を市内地図で教えてもらう。生まれた家は町の中心にあった。二階か三階に住んでいたらしいが、窓は閉められたまま。誰も住んではいないのだろう。壁に白い古いプレートがある。「一八五四年　アルチュール・ランボーが生まれた」一階はレストラン。メニューの見方もよく知らず適当に頼んで昼食をとる。そこは何年か後に訪れた時にはCD屋になっていた（なぜかその時はカミュの自身の声で朗読した「異邦人」のCDをつい買ってしまった）。五歳になるまでここに住んでいたらしい。

生家プレート

生家、ナポレオン街十二番地

シャルルビルでランボー一家は計五回引っ越している。それもごく狭い範囲である。これらについてはまた後で述べる。

お墓はそこから十五分くらい歩いた少し坂を上ったところにあった。当時は人口も少ないから市内の外れになるのだろう。いろんな本で読んだ、彼の葬儀の様子を思い浮かべながら歩く。彼の一番かわいがっていた妹のヴィタリーの墓と並んでいる。枯れた供花が残っている。現実と全く違う空間の静寂の中にいた。僕は何度も白い墓石を撫でた。

彼は一八九一年十一月十日午前十時にマルセイユのコンセプシオン病院で死んだ。詩人としてではない。文学は彼にはもはや何の意味もない。武器商人、ひと財産を作り上げている商人。アビシニアのハラル、無味乾燥な不浄に満ちた城壁の街で十年以上も土着人と過ごした商人として死ぬ。砂漠を通り抜ける風の音と闇の中で彼は一人、毎日どんな夜を送ったのだろう。彼は手作りのギターを奏でる。遠くから聞こえてくるのはハイエナの遠吠えだけだ。

その年の五月、瀕死の彼はアフリカからマルセイユにたどり着く。五月に片足切断のあと七月にロッシュ村に帰るが再びうわごとのようにアフリカへアフリカへと無理を言う。アフリカをめざし、八月に再びマルセイユへ戻るがそこで苦悶苦痛のうちに死ぬ。付き添いは下の妹のイザベル一人。彼の過去の詩は世間を驚かせる賞賛を受けているが，彼はそのことを知らないし、彼の死を誰も知らない。

十四日に彼の遺体がシャルルビルへ到着する。気丈な母親が墓を準備している。父親と妹の墓の間に場所を作るために作業員に指示する。そして第一級の葬儀を執り行うよう神父に依頼する。葬儀は盛大だが母と妹の二人だけが参列する。他は拒否する。母は悲嘆に暮れてはいたが涙は流さず泰然としていた。葬儀のオルガン曲は「怒りの日」である。三十七歳、書かざる、沈黙の天才詩人の死。

十六歳の彼がいつも通い詩を書いていた好きなカフェのある広場から、墓地へ向かうなだらかな道の両側はプラタナスの並木である。色づいた落ち葉は前日の雨で地面にこびりついている。その中を柩車がゆっくり進んでいく。


二〇一一年、アルチュール・ランボーの百二十回目の命日に墓参りをした。三回目のシャルルビル訪問だった。パリを出る時は曇りだったが、その日のシャルルビルは冷たい小雨が降っていた。傘は持って来なかった。少し惨めだったがそれはちょうど僕の気持ちに合っていた。ミュゼ・ランボーの職員は僕の顔を覚えてくれていたが、今日はランボーの命日なのでなにかセレモニーでもありますか、と訊ねると不思議な顔をして本を出し、調べて、ああそうね、と言うだけだった。そして何もセレモニーはないよと言う。街の人通りは少ない。テラスのカフェもテーブルや椅子が濡れていて客もいない。なだらかな墓地への道をとぼとぼ歩く。両側のプラタナスの並木の葉は落ちてしまって濡れた道路にペタッと張り付いている。百二十年前の葬儀もこんな天気だったのだろう。雨はまだやまない。墓地には誰もいない。ただ、誰かが捧げた菊の花束が三束、墓石の上に雨に打たれているだけだった。

今までの訪問時には気がつかなかったが、墓地の入り口の近くにポストがあった。数多いランバルジャン「ランボー好きの人の愛称」のためだろうか、彼への手紙をどうぞ、と書いてあるようだ。僕は迷わず名刺を入れた。

僕は駅前の店でなぜか折りたたみナイフを買ってパリへ戻った。

それからまた三度ほどその街を訪れた。一度はマリオネット祭りの日だった。街の中心広場に時間ごとに動く大きなマリオネットがあって、ここの名物でそれにちなんだ祭りらしい。近隣の村人たちがその休みに集まってくる。人々がフランスの地方からマリオネットの芝居を持ってきて興行する。本屋はマリオネット一色。市役所前の広場にはあちこちに見世物小屋が立ち、食べ物の屋台や土産屋の周りに人が集まっている。アフリカ人が鉄板で肉を焼いて売っている。ランボーにちなんでいるのかなとも思ったりする。みんな明るく楽しそうだ。あのランボーが嫌い、また懐かしがるシャルルビルと思うと感慨が深い。

一度彼のお墓の前で数人の黒人がお参りして写真を撮っているのに出会ったことがある。いかにも楽しそうだったので、エチオピアから来たのか、と訊ねてみた。答えはノーだった。残念ながらどこの国だったか忘れた。

二〇一九年四月に訪れた時、ミュゼは改築されていた。各時代ごとに小部屋に分かれて、照明がつき、雰囲気を出して展示物を照らしている。中身は以前とほとんど変わらないが、貴重な自筆の原稿は大切にケースに収められて照明を浴びている。いつみても感動が蘇る。アフリカから帰って来る時の鞄やカップやナイフが、大切に展示されている。

顔見知りの事務員はもう交代し、書籍の販売もなくなっていた。そこで何年か前『ラ・ヴィ・ド・パッシオン』という分厚い大きな本を買ったことがある。年代ごとの彼の伝記と写真が満載だった。かなり高かったがこれが後で大きなチャンスをくれることになった。

また、世界中で発行されている各国語のランボーの本の展示もない。いつだったか、僕のランボーの伝記小説『ロッシュ村幻影』を展示してもらうべく送ったことがあったが、その展示は見ることはなかった。

昔のミュゼは二階の古い窓からシャルルビルの通りを眺めることができたが、改装してそれが出来なくなったのは残念だった。

ミュゼの窓よりシャルルビルの通り

2 シャルルビルのランボー一家

アルチュール・ランボーの母親は敬虔なクリスチャンであり、またかなり気が強く、他人には専制的な女性だった。強い義務感、倹約家、厳格な服装、痩せてはいるが誇り高い女性であった。少年アルチュールは何度も平手打ちを喰らい、母親に反抗し出奔した。しかし愛と憎しみは同居している。ランボー家は代々シャルルビルから三十キロほど離れたロッシュ村の農場主で、母親の父、アルチュールの祖父が、娘も年頃だし、ちょっと洒落た生活でもしようと思い、別荘に住むようにこの街に出てきた。農繁期には村へ帰ればいい。

きびしいアルチュールの母親、ヴィタリー

アルチュールが嫌いだった教会

初聖体拝受のアルチュール（右）。兄フレデリックとともに

アルチュールはナポレオン街十二番地、先に述べたアパルトマンで生まれる。父は陸軍大尉フレデリック・ランボー四十歳である。駅前の公園に今でもある音楽堂、滅多にない娯楽の夕べに二人は出会ったということだった。この家で父母、兄一人妹二人、計五人、祖父まで入れると六人で五歳半まで暮らす。生まれてすぐに死んだ妹がいるが、毎年出産していることになる。

二軒目はブルボン街七十三番地。彼が六歳になるちょっと前。家族が急に増えたので家主が引っ越しを要求する。ここは労働者が多い下層階級地区で、通りの先は製釘工場や鞣革工場があったらしい。悪臭が漂い衛生的にも劣悪な地域だ。

最初の家から市役所の方に少し行き、路地を左に曲がる。その距離は三百メートルにもならない。取りあえずということだったようだが、父親は劣悪な環境をいやがりまた夫婦仲も次第に悪くなり、この家を最後に父は姿を消す。彼はディジョンに住み、家族とは再びまみえることはなかった。

母親から叱られながら、アルチュールはその辺りの貧しい子供たちといつも遊んでいた。

「七歳の詩人たち」という十六歳の時の詩に、「彼は組み伏せられながらその娘のお尻に嚙みついた。なぜならその娘はズロースなどはいたことはなかったから」というのがある。僕は、これはこのあたりの労働者の娘と喧嘩して押さえつけられて嚙みついた思い出ではなかろうかと思っている。

今はきれいな通りになっている。両側にブティックなどの店が並び、昔の工場跡は図書館やホールになっている。何軒かは古い建物が残っているが、残念ながらこの番地は建て替わっている。ただ残っている建物から想像することが出来る。昔のまま住んでいるところはない。僕は一番近い七十何番地かの古い家、誰も住んでいない、を写真にとってこの家だと勝手に決めた。ここから小学校に通う。ここに家族は二年しか住んでいない。

三軒目は、クール・ドルレアン街十三番地。マロニエ並木の通りにある。生家を真中にしてブルボン街の反対側で瀟洒なアパルトマンだっ

駅前音楽堂

レストラン・ランボー

ブルボン街七十三番地

レストランの上の空部屋。クール・ドルレアン街十三番地

た。隣の要塞都市メジエールへ続く大通りだ。ここにも三年しか住んでいない。アルチュールの十一歳までだ。ここは今でも人が住んでいる。

嬉しいことに、一階は「レストラン・ランボー」である。そこで食事をしない手はない。店の表にも中にもアルチュールの顔が大きく描かれている。アルデンヌ風スパゲッティを頼む。ムール貝がたくさん入っている。ここはアルデンヌ県、もう少し行くとベルギー、海もそんなに遠くはないが海辺の町ではない。

ちょうどその命日の日。ウエイトレスに、今日はアルチュール・ランボーの命日だね、と訊ねたが、そうなの？　知らないわ、という返事。それでも僕は大満足だった。表の通りのテーブルに座ったが、わざわざ作られたテント風の屋根の下だ。何もない方がよかろうにと思ったが、随分後になってその理由がわかった。マロニエの実が落ちて来るのだ。頭でも直撃されたら怪我をする。皿に落ちたらまず割れる。

四軒目は随分探したがわからない。フォレスト街二十番地。それもそのはず、今の住所表示と違っている。ミュゼの人に調べてもらってやっとわかった。しかも二、三軒並んだ横の空き地がその番地になっている。この間、彼は高等中学に通う。読書に没頭する。詩を書く。また毎週日曜日には母親に連れられて兄弟妹は一列に並んで教会へ通う。教会まではゆっくり歩いて十分。厳しいしつけと、芽生えるさらなる反抗心。学校では教師たちが彼の才能に少しずつ気づく。いくつも賞をもらう。将来仲たがいすることになる兄とはまだ仲良しである。

ここからは駅まで歩いても一直線で五分とかからない。駅のそばには「ユニヴェール」というホテルがあり一階にカフェがある。このカフェによく彼は座っていた、とミュゼの人が教えてくれたが、このカフェの名前は後でパリからの手紙にも出てくる。十五歳になるかならない少年であるが、汽車の汽笛を聞きながら、もうすでに彼はパリへの憧れを持ち始めていたに違いない。彼は詩を書きためている。僕もそこに座ってしばし時間を費やす。

近所の暇人たちがのんびり何かを飲んでいる。ギャルソンはもう二十年ここで仕事しているので顔見知りだ。ランボーはここにいつも座っていたと、隅のテーブルを教えてくれる。真偽はわからない。

ホテルは営業していなかったので、一度、その隣のホテルに泊まったことがある。マンボという小さなホテルだった。受付にはアルチュール・ランボーの写真が掛けてあった。

五軒目はマドレーヌ河岸五番地。生家から市役所前広場を抜けると市内

駅前のカフェ・ユニヴェール

を流れるきれいなムーズ川岸にでる。生家から一キロメートルもない。ここがランボー一家のシャルルビルでの最後の家になる。今のミュゼの前である。アルチュール十五歳。一八六九年、ボードレールがなくなった頃だ。彼はボードレールにもかなりの影響を受ける。そしてここで彼の才能が一気に噴き出し、波乱万丈の出発点になる。よき師イザンバールに出会い、よき親友ドラエーに出会う。度重なるパリへの出奔、連れ戻され、母親に平手打ちを喰らい、また出奔。無賃乗車、徒歩での帰還、独仏戦争の敗北。パリ・コミューンへの参加、だがすぐに逃亡しシャルルビルに戻る。このあたりは膨大な数の書物に書かれている。

ポケットにはいつも紙切れと鉛筆が入っている。次々に書きなぐられる詩。彼の吐く息は、そのまま色であり言葉であり詩である。何物が彼の肉体と精神を貫き、その口からこのきらびやかな原色を吐き出させたのか。彼はただなされるがままに、怒り喜び哄笑し、感じたままの言葉を詩にして咆哮する。

成長した彼にもう出奔という言葉は当てはまらない。波乱の放浪が始まるが、時々帰ってくるのはこの家である。結局ここには二十一歳まで住む

ユニヴェールのランボーの席とカフェのギャルソン

ことになる。

この家は数年前から記念館になっているが、建物と部屋があるだけで中身は何もない。けっこう広い。彼と同じ階段を上り下りする、部屋に佇む、それだけでも満足である。彼の息遣いを想像する。ただ係員に訊いてもどこが彼の部屋だったかとかはわからない。

記録によると一階が一家の棲み家だったそうだ。日本式で行くとたぶん二階でムーズ川もよく見える。僕は行くたびに必ずどの部屋が彼の部屋だったのかと訊くことにしている。誰もわからないと言っていたが、最後に訪れた時やっと係員が教えてくれた。それも真偽のほどはわからない。中庭に面した部屋が兄弟の部屋、川に面した部屋が姉妹の部屋ということだった。彼が可愛がっていた妹ヴィタリーが死んだ部屋だった。兄弟の部屋からは濃い緑の木々が明るく見え、姉妹の部屋からはムーズ川がきらめいていた。

市役所前広場は周りがアーケードになっている。そこにかつて「デュテルム」というテラスカフェがあった。終日そこに座って詩を書いている。十六歳の彼はビールを飲み、煙草をくゆらす。学校にはもう行かない。同級生に会っても侮蔑の眼差しを投げかけるだけだ。日が暮れると書きかけの原稿を抱えて家へ帰る。徒歩で数分である。

僕もその道をたどってみる。前を歩く少年はもしかして彼ではないか。いや僕自身がその分身ではないか。家では夜を徹して推敲する。出来上がった詩をパリの大御所、テオドール・バンヴィルへ送ったりする。

僕はそのカフェを探したが、百五十年も昔のカフェだ、あるわけはない。同じようなカフェを見つけてそこを勝手に「デュテルム」と決める。終日とはいかないまでも僕もそこに座ってビールを飲む。数行のフレーズを書いてみる。

だがある時、古い本でついにそのカフェを見つけた。それは広場をはさんで正面にあった。プチ・ボア通りが広場に入ってくる角だった。今はピザやサンドイッチなどの軽食屋さんで、可愛い女性が店番をしている。そのアーケードの先にはカフェが並ぶ。ここで食べるサンドイッチとビールはことのほか美味しい。

彼の最高傑作の一つ「酔いどれ船」はここで書かれたに違いない。百行にわたるアレキサンドラン「十二音節」、完璧な韻、美しい言葉、十六歳の少年が書いたとは思えない雄大な構想。パリ・コミューン崩壊のあと彼はその詩をヴェルレーヌに送る。感激したヴェルレーヌから「来たれパリへ、偉大なる魂よ」と返事が届く。もうなにを迷うこともない。即、パリへ出発だ。

中学校。今は市の資料館になっている

デュテルム。デュカル広場のこのカフェで「酔いどれ船」を書いていた

デュカル広場

市役所

それからの四年間が、若きアルチュールの情熱のもっとも輝く時であり、最も美しい青春の堕落であり、激しい文学への爆発の日々である。ヴェルレーヌとの出会い、友情、愛憎、諍い、傷害事件、別れ、『地獄の季節』の出版など。アブサンと阿片、泥酔と錯乱、他人への侮蔑、パリ、ベルギー、イギリス、放浪、ヴェルレーヌと競って書きなぐる詩の数々。何という感動がわれわれランバルジャン「ランボー愛好者たち」の胸を突き上げ、我々を悩ませときめかせ、時には絶望へ追い落とし、また希望を持たせ、旅への憧れを抱かせ、文学への情熱を怒りや悲しみにまで昇華させたことだろう。これらの日々はいくら書いても書きたりない。数々の逸話は少しずつ述べていくことにする。

この家を最後に一家はシャルルビルを引き払いロッシュ村へ戻る。一八七五年、アルチュールは二十一歳になったばかりだった。大きな引き金になったのは、この家での愛する妹ヴィタリーの死だった。

ブリュッセルでのピストル事件、酔ったヴェルレーヌがランボーを撃つ。その後、傷の癒えたランボーはロッシュ村へ帰り納屋にこもり、雄叫びやうめき声をあげながら、短期間のうちに「地獄の季節」を書き上げる。出版してからそれを何人かへ送り、刑務所にいるヴェルレーヌにも送るが、もう彼の興味は半減してしまっている。

彼はすでに凛々しい青年である。僕はこの時期が彼の人生の大きな転換期であると考えている。彼の体の中で唸り続けていたマグマのような情熱が、この時いきなり巨大な暗黒の深淵に変貌したのを見たのだ。

このマドレーヌ街の最後の家に佇み、窓からムーズ川の流れを目にすると、彼の苦悩が突き上げてきて、僕は激しい感動を抑えることが出来なかった。

拙作『ロッシュ村幻影　仮説アルチュール・ランボー』にこの場面を

シャルルビルのランボー一家の最後の家

ICI VÉCUT
ARTHUR RIMBAUD
1869 - 1875
CENTENAIRE 1954
マドレーヌ河岸五番地

書いている。

「翌年そうそうに一家はシャルルビルを引き払いロッシュ村へもどる。彼の本当の虚しい放浪が始まる。彼は外人部隊に入隊する。船が出る。彼が向かうのは東洋の果てのジャングルである。不思議な木々や不気味な獣、そして原色の人食い巨花の密集するジャングルの闇である。現実の闇だ。現実の無だ。」

3 ランボーの家出　パリへ

一八六九年は、ランボー一家がシャルルビルの最後の家に引っ越した年である。先の「1　アルチュール・ランボーの故郷」で書いたように彼にとっても、彼に興味がある人にとっても忘れ難い家だ。一八七五年に最愛の妹が死んで一家がそこを去りロッシュ村へ帰るまで住んでいた。そこはまた彼の自意識の発露がもはや抑えられなくなり、最初の暴発をおこし矛盾と錯乱を育てた家でもある。度重なる家出と初めてのパリの猥雑な混乱の世界を味わっては帰ってきた家でもあった。不可解な魅力にあふれながら無意味なパリから戻ってくるのもこの家だった。まだ十五歳の少年でありながら、真実の美に目覚めそれに喰らいつき雄叫びを挙げたのだった。そして真の虚無が彼の身を刺し貫いた家でもあった。十五歳の夏、彼はついに初めての家出をする。十八歳ともなれば出奔であっても、十五歳の少年のそれはただ家出と言われても仕方がない。

一八六七年にボードレールが死に、翌年『パリの憂鬱』が出版された。ボードレールを尊敬していた彼がすぐに読んだかどうかはわからない。だが、それも抑えがたい動機だったろう。その年までは不満と反抗の日々、母親からの平手打ちに耐える日々だったが、大きな機会が訪れた。文学青年の若き教師、イザンバールの着任だった。学校で数々の受賞に輝き図書館員も驚くほど読書に浸っていたランボーにとって、先生というよりちょうどいい兄貴分だったろう。イザンバールも彼の才能に驚き面倒を見る。互いにいい影響を与え合う。母親にとっては悪い影響ではあったたが。

また、ふざけ合ったりした弟分のような友人のドラエーとシャルルビル駅前のカフェ「ユニヴェール」でパリ行の汽車を眺めながら聞いていた汽笛は、もう彼の体をそこにとどめたままにはしなかった。夏も終わるころ、彼はいきなり家出する。初めてだった。

シャルル・ボードレール（1821〜1867）

仏独戦争が始まり、初めは優勢だったフランスはすぐに劣勢になる。ランボーは不運だった。シャルルビルからパリ行の交通は遮断されていた。やむなくベルギーのシャルルロワ経由でパリへ向かう。当然汽車賃は高い。パリに着いた彼は運賃不足で留置所に収容される。イザンバールに助けを求め、やっとシャルルビルへ帰る。

カフェ「ユニヴェール」は、いまでも駅前の公園の端にある普通の店だ。外にいくつかテーブルもある。公園には音楽堂がある。娯楽施設もなかった頃は、涼しい夕方には人々が集まる唯一の場所だったろう。彼の父のランボー氏と母親が会ったのもここだったろう。ランボーの詩にもこの音楽堂が出てくる。

家出に失敗して、初めての帰還に意気消沈してこの前を通ったのだろうか、あるいはふて腐れてか。だが一カ月も過ぎると彼の勢いはさらに増す。二度目の脱出で彼はブリュッセルに着く。イザンバールの親戚の家でふてぶてしく読書の日を送っているが、今度は母親の依頼でイザンバールが警察に届けるしかなくなる。あえなくそれも挫折だ。この間、フランス第二帝政が崩壊。シャルルビルもプロシャ軍に占領される。

それでも彼が生きていることは詩そのものである。いくつもの詩を書きなぐりながら彼は彷徨う。詩が求める方向に彼の足は止まらない。彼の呼吸が詩である。彼の向かう方向が新しい詩の光だ。

家出の途中で書きなぐった詩の数々は、友人や先生、またはパリの偉い詩人たちに送っている。いわゆる彼の「初期韻文詩」と言われている。多くはソネットである。まだ新しい詩というわけでもない。ソネットというのは、四行、四行、三行、三行の節に別れた十四行の古典的な詩の形である。それぞれの一行は発音が十二音節に整えられ、最後の言葉は韻でまとめられる。この制約の中で言葉を選び、意味をつけイメージを浮かべ表現する。これらの詩をまだ十五歳の少年が見事に書いている。それもごく自然に。たとえば、パリを目指しながらシャルルロワへ着いた時の詩の最初の節。

初期の詩

AU CABARET-VERT,

cinq heures du soir

Depuis huit jours, j'avais déchiré mes bottines
Aux cailloux des chemins. J'entrais à Charleroi.
- AU CABARET-VERT : je demandai des tartines
De beurre et du jambon qui fût à moitié froid.

Bienheureux, j'allongeai les jambes sous la table
Verte : je contemplai les sujets très naïfs
De la tapisserie. - Et ce fut adorable,
Quand la fille aux tétons énormes, aux yeux vifs,

- Celle-là, ce n'est pas un baiser qui l'épeure ! -
Rieuse, m'apporta des tartines de beurre,
Du jambon tiède, dans un plat colorié,

Du jambon rose et blanc parfumé d'une gousse
D'ail, - et m'emplit la chope immense, avec sa mousse
Que dorait un rayon de soleil arriéré.

Octobre 1870

居酒屋みどり亭にて

夕方の五時

一週間　歩き続けた僕の靴はぼろぼろ
石ころだらけの道を、シャルルロワへいま着いた
まず居酒屋みどり亭で僕が頼んだのは
バター・トーストとちょっぴり冷えたハム

詩の内容はどうということはない。だが各行は十二音節の発音の母音の数、一行目と三行目のティンヌという音、二行目と四行目ロワという最後の言葉の音は同じ音、韻である。読んだり聞いたりしても心地よい。これらをなんの苦労もなく書きなぐっている。

彼の脳裏には言葉が嵐のように吹き荒れ、映像が飛び交い、それらを吐き出さずには体が壊れてしまうというばかりだったに違いない。やがてそれは幻影になり錯乱し、色まで加わって宙に舞いあがる。しかし二十年後にはそれらは漆黒に変わり雨に打たれ、乾ききり、塵になって砂漠の闇に消えるのだ。

放浪するランボー

シャルルロワ、十五歳の少年が生き生きと家出の旅を楽しみながら、パリを目指している。かなりの遠回りだが気にしない。ランボーファンなら一度は訪れたい場所だ。みどり亭、何と楽しげな居酒屋だ。当時は壁も家も部屋も家具もどこもかしこも緑に塗りたくっていたらしい。そして百五十年前から何度もリニューアルされてホテルになって現在もあるらしい。緑色かどうかはわからない。名前は「ホテル　エスペランサ」。「みどり」の象徴は「希望、エスペランサ」だということだ。まさに名前も伝統を引きついでいる。いつか行ってみなくてはならない。ブリュッセルの南の方らしい。かつては石炭が採れた。今は工業都市で、発展している。人口二十万。あるベルギー人に話したら、あそこは治安が良くないよ、ということであった。

ある時ついにそのホテルの写真を手に入れた。古い絵葉書である。そして次に目にしたのが、インターネットでの映像だ。そのエスペランサは市の区画整理のために壊されていた。残骸の写真はなんともいえない寂しさをランボーファンに与える。

居酒屋みどり亭のあったホテル・エスペランサ

4 しばしのパリ滞在

三回目の家出は翌年の晩冬のパリ。じっとしていられないのだ。ただし一カ月も経たないうちに彼は帰る。寒い中、直線でほぼ三百キロのパリーシャルルビル間を徒歩で帰宅だ。ボロ布をまとい、咳が止まらない、何カ月も伸ばし放題の髪、惨めな様子。この時の家出は彼に一つの変わった経験を与えた。知人に送った詩が出版社に届いているはずだった。そこで歓迎されて華やかなパリが彼を待っているはずだった。だが誰にも会えず、彼は独りきりだった。それでも昼は本屋を回り面白い本を探すが、夜には泊まるところもない。セーヌ川に停泊している石炭運搬用の船底にもぐりこみ寝る。腹が減ったら、人気のない路地のごみ箱を漁る。ニシンの燻製をポケットに入れて少しずつちぎっては食べ、それが最後の食事だ。フランス軍はプロシャ軍に敗北して、パリの西部の占領を承諾するが、民衆はデモで反対を叫ぶ。赤旗の乱立する混乱の中、彼はただ徘徊するだけだ。そして誰もが飢えている。ある時など、彼は女乞食に救われたこともあったに違いない。食事を分けてもらい、寒さに負けてその肌で温めてもらったこともあるのではないか。僕は勝手に想像する。なぜなら、母音というその詩、ソネットの最初の節。色に変えられた母音は幻影の破片となって無尽に飛び交う。

母音

Aは黒　Eは白　Iは赤　Uは緑　Oは青　母音らよ
いつか俺は詠うだろう　お前たちの秘密の出生を
A　黒いコルセットは　光る銀蠅の毛にまみれ
痛ましいほどの悪臭に踊る……

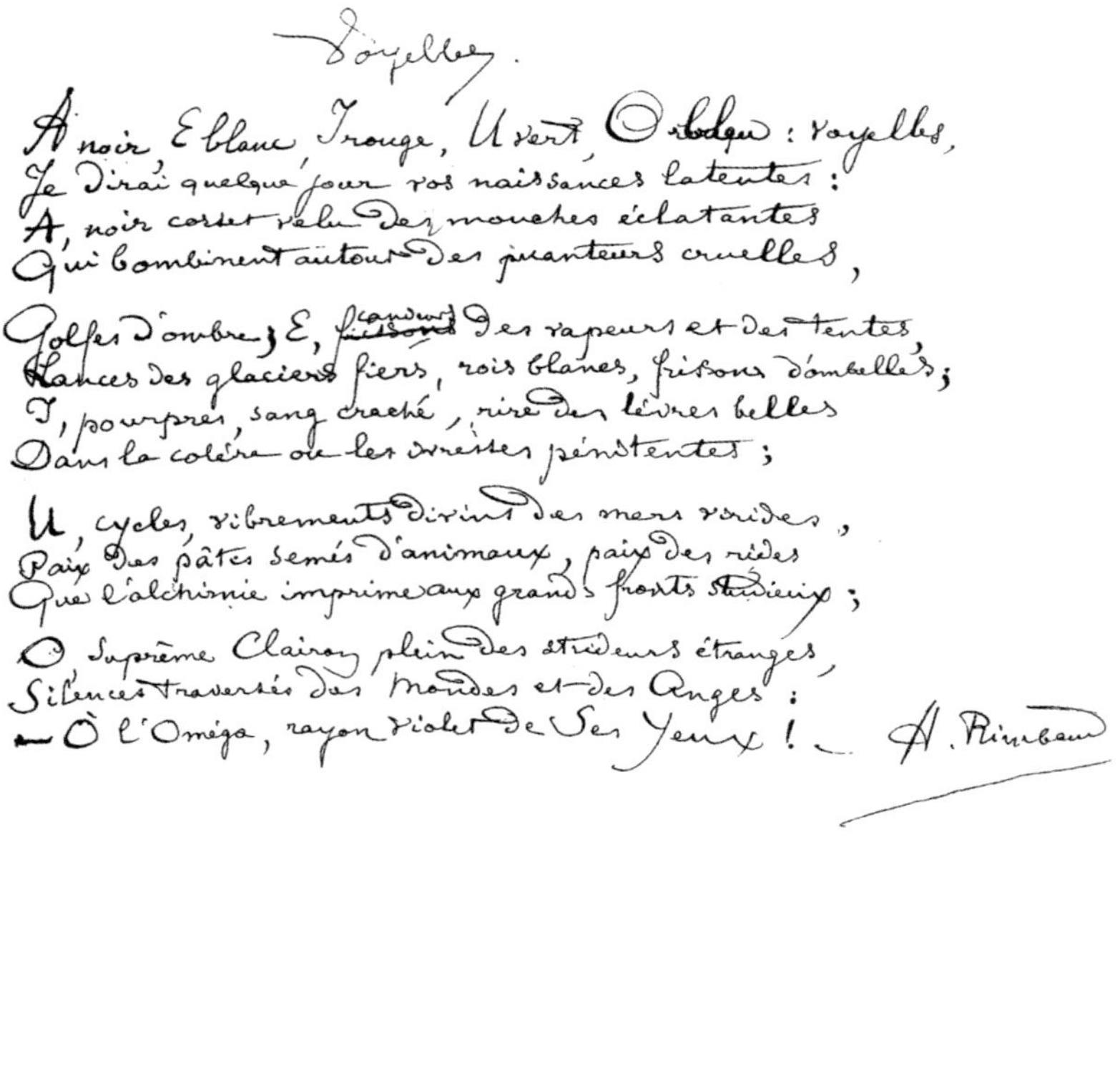

Voyelles.

A noir, E blanc, I rouge, U vert, O bleu : voyelles,
Je dirai quelque jour vos naissances latentes :
A, noir corset velu des mouches éclatantes
Qui bombinent autour des puanteurs cruelles,

Golfes d'ombre ; E, ~~frissons~~ candeurs des vapeurs et des tentes,
Lances des glaciers fiers, rois blancs, frissons d'ombelles ;
I, pourpres, sang craché, rire des lèvres belles
Dans la colère ou les ivresses pénitentes ;

U, cycles, vibrements divins des mers virides,
Paix des pâtis semés d'animaux, paix des rides
Que l'alchimie imprime aux grands fronts studieux ;

O, Suprême Clairon plein des strideurs étranges,
Silences traversés des Mondes et des Anges :
— Ô l'Oméga, rayon violet de Ses Yeux ! —

A. Rimbaud

ランボー自筆の詩「母音」

彼はそこで打ちひしがれる男ではない。帰郷後一週間、政府に反抗してパリに労働者の自主政権「パリ・コミューン」が成立したと聞いたらもう待てない。一八七一年、誕生日前の彼はまだ十六歳である。駅前のカフェに座ってパリからの列車が着くたびに、だれかれとなくパリの状況を尋ねる。誰とでも激論を交わす。新聞をもらう。「やったぞ、秩序は打ち負かされたのだ」学校は閉鎖されたままだ。どちらにせよもう行っていない。母親からは、もう面倒は見ない、と告げられる。吉報もあった。コミューン派が賃金を払って兵士を募集しているということだった。もう暖かくなっていた。彼はパリへ向かう、徒歩と通りかかった荷馬車に乗せてもらったようだ。政府軍とプロシャ軍に厳重に監視されたパリではあったが、市内のいたるところでバリケードが築かれ、市役所はコミューン派の事務所だった。方々で小競り合いが続き、いつ政府軍がコミューン派の掃討作戦に出るかわからない日々だった。

このあたりの物語は僕の小説『ロッシュ村幻影』に詳しく書いた。これはフィクションとノンフィクションを織り交ぜたものである。例を挙げる。

「四月になって彼は出発した。……。兵士になって身を投げ打つつもりはなかったが、力は有り余っている。なによりも混乱を内包する美しさ、動乱に蹂躙されながら毅然とそこにあり続けるパリの美しさ。それを守るため、そこで俺の詩を輝かせるために俺は行かねばならない。歩きなれた三百キロの道は時々馬車を拾えばそう遠くはない。

気持ちのいい気候だった。夏の夕暮れには小道を行こう、遠くへ、はるか遠くへボヘミアンのように、と詩を書いたのは昨年だった。今その歩調は規則正しい音節とともに進んだ。頭の中の言葉はそれに同調した。勝手気ままに乱舞していた言葉は整列した。いくつも詩が出来た。おお、五月よ。彼は楽しかった。彼は野宿し、また歩いた。

夕方になる前に彼は北の城門に着いた。コミューン兵士に通行許可証を求められたが、彼は誇らしげに言った。ない、参加するためにアルデンヌ県から歩いてきたのだから。一瞬兵士は驚いたが、まわりから、いいぞ小僧、と歓声が挙がった。

パリのマロニエはいつもの年より早く多く咲いた。貧しいアパルトマンの壁にも蔓を張った藤は、甘い香りを漂わせてそよ風に揺れていた。街路樹の桐の花は紫の美しい雲のように通りに連なっていた。

まず軍服を渡された。……」

しかし下級の兵士たちの兵舎の中は驚くほどの無秩序だった。元兵士、水兵、やくざ者、の寄せ集めだった。葡萄酒と煙草の匂いに満ちた兵舎に寝泊まりしなければならなかった。しかも命令が下るまでは何もすることはなかったのだ。市役所の司令部では毎日議論が戦わされ、混乱もしていた。兵舎で彼は刺青の荒くれ男たちに凌辱される。嫌悪と屈辱の日々だ。スープのゲロを吐きかけられながら彼は嘲笑される。もう逃げるしかない。一カ月も経たないうちに彼は兵舎を去る。

五月の半ばにはコミューンは政府軍に制圧される。街中が血生臭く、セーヌ川は血で染まる。大勢の人々が虐殺され、また報復のためにその死体が足蹴にされた。パリは大きく破壊された。

このあたりには様々な記述も伝説もある。ランボーにとっても政治的な意味よりも重要なことの起こった一時期である。かつての先生、兄貴分へ手紙を書く。有名な五月十三日の手紙である。この手紙をどこで書いたかを知りたいがまだわからない。シャルルビルには間違いないようだが、デュテルムかユニヴェールか。逃げて帰ってきたにもかかわらず、政府軍の弾圧が始まると彼の最後の情熱がかきたてられる。「狂ったような憤怒が……」と彼は書くが、次第に内部では詩への情熱が政治的なそれを

ランボーの先生、イザンバール

追い払ってしまう。しばらく会っていないイザンバールへ、皮肉をこめた、そして挑戦的な手紙を出すのだが、これが今も語り続けられている「見者」への宣言だ。

今のところ、放蕩の限りを尽くしています。なぜかとおっしゃるのですか。僕は詩人になりたいのです。そして見者になろうと努めています。貴方には何のことかさっぱりお分かりにならないでしょうね。説明はむずかしいです。あらゆる感覚を放埒奔放に解放することによって、未知のものに到達することが必要なのです。……

まだ十六歳の天才少年である。

ランボー研究者や愛好者はこのあたりのたくさんの文献、研究書をたぶん読んでいるだろうし、さらに興味のある人にはそれらの本に任せたい。この文章はあくまで文学散歩なので、その周辺をうろつくことでしかない。そして何かのインスピレーションを受ければ、それがありがたいのだ。

僕が住んでいたパリの八階の屋根裏部屋は天窓を開けるとパンテオンの屋根が見えた。そこからリュクサンブール公園へとスフロ通りが続く。この通りもバリケードで固められ、多くの血が流された。通りの向かいがパリ大学の法学部でその先に図書館がある。多くの学生が並んでいたりする。僕も参考にと思って並んでみた。係りに何か言われたので、ウイと答えると別の方を指された。その受付で何もわからないまま写真を撮られ、いくらか払うとすぐに写真付きのカードを渡された。これで自由に出入りが出来るようだ。何というういい気分。

中はうす暗く落ち着いた、いかにも歴史がある雰囲気だ。広い部屋すべて木製の古い机に椅子。部屋の奥まで並んだ暗緑色の笠の下の柔らかな白熱灯。足音を立てずに本棚を見て回っていると、そこに『パリ・コミューン』という本が目についた。僕はまだコミューンについてあまり知らない頃だった。またランボーの話を書こうと思い始めたころだった。嬉しくなって僕は毎日そこへ通った。電子辞書で単語だけでもなぞっていくと大体の意味はわかる。その日のパリの天気、市内の状況、政府軍の進軍、市内戦の激しさ、虐殺の様など。初めてのことばかりだった。詳しく書いた僕の作品『ロッシュ村幻影』に大いに参考になったことは言うまでもない。

「連帯者の壁」とも「嘆きの壁」とも言われる壁のことも初めてだった。一週間の戦いの後、銃弾も尽きて追い詰められたコミューンの兵たちが、最後に逃げ込んだのがペーラ・シェーズ墓地だった。投降した兵士たちは百四十七名、墓地の一画の壁に立たされ、無抵抗のまま銃を乱射されて殺された。中には少年や、バリケードの中でサクランボを配っていた少女もいたらしい。「サクランボの実る頃」という歌はコミューン時のものだと知ってはいたが、初めて壁のことを知ってはたと胸を打つものがあった。ショパンやエディト・ピアフの墓を何度か訪れたが、改めてその壁に貼られたプレートに祈りを捧げに訪れたことは言うまでもない。

二〇一一年、パリ・コミューン百四十年記念展というのが市役所であった。ちょうどその時パリにいたのは幸運だった。写真、新聞、手紙、絵、ポスター、ビラなど様々なものが展示してあった。墓地の壁の前に兵士や女や少年少女が立たされている絵もあった。その後、彼らは政府軍に虐殺される。入り口には長い列が出来ていた。一八七一年五月、この市庁舎も大きく破壊されたのだった。

十年ほど前だったろうか、モンパルナス墓地で、ボードレールやサルトルの墓回りをしている時、偶然に記念碑を見つけた。パリ・コミューンの思い出「記念?」だったか、何かが彫ってあった。詳しくは忘れたが、兵士のためにと書いてあったようだ。ただ何年に建てたとかどこが建てたのかも記していない。それは真っ白で新しい。

パリ・コミューンの記念碑

5 出奔

十六歳とはいえ、彼はもう青年になっている。見者、詩人の誕生である。パリ・コミューンからは逃げてきたけれど、自信に満ちた彼にはもう恐いものはない。汚い格好の彼を誰も気にしない。シャルルビルをのし歩く。まだプロシャ兵もいる。あたりを見回して歩くだけで誰彼となく侮蔑を投げつけるかのようだ。しかしある時は背筋を伸ばし一点を見つめ真っ直ぐ歩く。まるで幻視者のようだと誰かが書いている。前章で述べた、かつての教師、兄貴分イザンバールへ送った「見者の手紙」やいくつかの詩も、この時期にカフェに座って書いたものだ。ビールと煙草。親友のドラエーと

親友ドラエー

の散歩と語り合い。図書館の本は読み尽くさんばかりだ。市内の本屋からこっそり盗んで読んでは返す、その繰り返し。近所の親父たちは、彼を見て嘲る。「あれが、浮浪者のアルチュールだ、コミューンの生き残りで、めちゃくちゃな役立たずさ」と。

この頃の詩は少年の溌剌とした感覚の発露から変わって、確かに見者詩人としての力強さと深みが出ている。「刑苦の心」「パリの乱痴気騒ぎ」などパリ・コミューンの経験が書かれている。権力への反抗と侮蔑、新しい光への憧憬。ボードレールの真似をして散文詩も試みたと書いてある文献もある。後の「地獄の季節」の前哨であろう。

だがわれらが青年（少年？）天才詩人も、まだやはり母親が怖い。いつも叱られ文句ばかり浴びせられる。次の出奔のチャンスを待っている。もう今度出かけたら再び帰ってくることはないだろう。それだけではない。体が疼いてもうどうしようもなくなっている。焦りは反抗心になり、ドラエーの教師や教会へ荒々しく投げかけられる。道で司祭に出会うと罵声を浴びせ喧嘩を売る。現状をどんなに極端に見えても荒々しく斧で断ち切る行動をしなければならなかった。

彼はちょうどその時、面倒見のいいブルターニュという親爺に出会う。彼は数少ない理解者である。彼が言う。「そういえば昔、ヴェルレーヌという詩人に会ったことがあるな、まだ俺を覚えているはずだが。彼に詩を送ってみるか」

あの尊敬するヴェルレーヌ、高踏派の詩人、願ってもないチャンスだった。彼は躍りあがって喜んだ。いくつかの詩を清書し、書きかけの詩をまとめた。名作「酔いどれ船バトー・イーヴル」はこの時このシャルルビルで書かれた。文学界への衝撃的なデビューの詩だ。夏の暑い日が続いていた。カフェで部屋で彼は没頭した。十六歳でこれほどの素晴らしい詩を書くことが出来るのは古今東西で彼一人である。十二音節の四行が二十五連ならんだ百行の詩だ。リズムに韻にイメージもすべてが完璧である。
まだ彼は一度も海を見たことがない。だが大海に翻弄されながら、船は虚無の暗黒を目指して漂流するのだ。酔っぱらっていても激しい情熱と冷静な観察を持って自らの破滅への旅を欲するのだ。数行を羅列する。

……
猛り狂う大海の潮の前に
……
纜《ともづな》をとかれ出航する半島よ
……
このような勝利に満ちた混乱はかつてなかった
……

毎朝　嵐は俺の目覚めを祝福した
……
安葡萄酒の汚点とこびりつく吐気が
俺の身を洗い　舵も錨ももぎとって消えてしまう

それから俺は宇宙と銀河に注がれた
大海原の詩に身を浸す
……
時折　蒼ざめ恍惚としたものが流れていく
物思わしげな水死人たちだ
……
またそこでは　忽然と海が紺碧に染め上げられ
日の輝きのもと　ゆるやかなリズムが錯乱する
……
俺は知る　稲妻に翻弄された空を竜巻を
……

俺は見る　神秘なる畏怖に染められ落ちていく太陽

……

月の鋭い光に射抜かれておれは走る
黒き海馬に護られつつ　猛け狂う船となって
七月を棍棒の一撃で打ち砕く
火炎の漏斗にも似た紺碧の天を

……

それにしても俺はあまりに泣きすぎた　暁はいたましく
月なべて無慙に　陽なべて苦い
苦い愛は俺を虚しい酔いで満たす
おお！　竜骨よ、散り砕けよ　ああ　この身を海に沈めん

……

……

……

詩を送った後イライラしながら待っていた彼の下へやっとヴェルレーヌからの返事が届く。

この素晴らしい詩人を迎える準備をしています。……。私もあなたと同じ狼狂症の匂いを持っています。……

これも残っている有名な手紙だ。文献によると「狼狂症とは何よりも環境に順応しない者、社会を卑しむべきものと考え、それにあらゆる非難を浴びせ反抗する……」

二つ目の手紙もまた有名なものだ。パリまでの旅費として為替も入っている。パリの高踏派詩人たちから集めたカンパだった。「来たれパリへ、偉大なる魂よ、皆が貴兄を待っている」もはやなにを躊躇することがあろうか。煩わしいものはすべて捨てる。

九月のシャルルビルの空は美しく晴れわたり、空気は軽やかで暖かかった。すべてが自由と希望を感じさせてくれた。見送りは親友のドラエー一人だけだ。駅前のカフェユニヴェールで別れのビールを飲む。彼は興奮のあまりこう呟く。

今までにこんなものを書いたものは誰もいない、それはわかっている、だけど、あの教養人たちの世界、社交界、上品な物腰、僕はどう振る舞ったらいいんだ、僕は不器用だし……

「大いなる冒険」へむけて汽車が動き出す。光り輝く世界がその扉を開いて待っているのか、あるいはそこは暗黒の地獄への入り口か。傲慢な彼も少しは心の弱さを覗かせる。

アルチュール・ランボーが十七歳になるにはまだ一カ月あった。

追記　パリ・コミューンについては数々の逸話がある。また文献も多い。大佛次郎『パリ燃ゆ』は長いが読み応えがある。画家クールべがヴァンドーム広場の円柱を倒し、コミューン崩壊後逮捕されるが、殺されずに膨大な罰金を科せられスイスに亡命しそこで死ぬ。またヴィクトル・ユーゴーが亡命先から帰還し、選挙で再び国会議員に選ばれるのもその後である。ボードレールは数年前に亡くなっている。テオドール・バンヴィルという高踏派の偉い詩人だ。ランボーが田舎から詩を送っていた詩人は、あとでランボーが馬鹿にするのだが、混乱のパリで泰然としていた。疎開していた人も多い。ヴェルレーヌは市の職員でありながらコミューンのシンパだったということで、その崩壊後もびくびくしていたという。マラルメがパリに来るのはコミューン崩壊後だ。好きな芸術家がこの混乱のパリでどう過ごしたかを調べてみるとなかなか興味深い。

パリ・コミューン

パリ・コミューン時代、ヴァンドーム広場の塔が壊された

パリ・コミューンのバリケード

6 ヴェルレーヌとの出会い

ヴェルレーヌとランボーの愛憎に満ちた葛藤は、少しでも文学に触れた者ならだれでも知っている。またおそらく映画になったのはフランスでは二十本を下らないのではないか。僕はディカプリオがランボーを演じた『太陽と月に背いて』だったか、その一本しか知らない。ディカプリオが僕のランボーのイメージと違ったので、面白くないという印象しか残っていない。フランスでほかのフイルムを探したが、手に入らない。古く比較的評判のいい『ファランジ』だったか、正確には覚えていないが、福岡の日仏学館へ尋ねたが物はなかった。いつかチャンスがあればと待っている。

一八七一年九月、パリ・コミューン崩壊のあと三カ月余りシャルルビルで悶々と過ごしていたランボーが意を決してパリにやってくる。それはもう家出ではない。

その日の午後遅く、当時のストラスブール駅、現在の東駅で、電報を受け取ったヴェルレーヌはランボーの到着を待っていた。次々に降りてくる客の中には見当たらない。あのすばらしい「酔いどれ船」を書いた詩人だ。三十歳くらいか、大柄な紳士で相当のインテリであるだろう。二、三人声をかけたが違う。

徒歩で四、五十分の自宅へがっかりしてとぼとぼと帰ると、応接間に新婚の妻とその母親が一人の少年と向き合って気まずい感じで座っている。もじゃもじゃの髪と擦り切れた服、不遜な態度の赤ら顔であるが、美少年だ。それがヴェルレーヌが初めて出会ったアルチュール・ランボーである。

モンマルトルのサクレ・クール寺院の右手を少し裏に回ると、短いユトリロ通りがある。その途中の細い幅の石段を下りる。やや長い。両側には古い小さな家がぎっしり並んでいる。苔むした小さな庭もある。古いパリを味わうには風情がある。昔は裕福な家だったのか、貧しい所帯だったのかわからない。今は家が古くてもこの雰囲気はそれなりに価値があるだろう。階段を降り切って後ろを見あげると、ユトリロの絵にあるコタン小路そのままである。
サクレ・クール寺院は仏独戦争の敗北のあと、パリ・コミューンの崩壊のあと、意気消沈したパリ市民を元気付けるために建てられたらしい。当時は寺院はまだなく、それはパリ郊外の田舎の住宅と言ったところだろうか。石段を下りて左に曲がり、次の角をまた左に曲がるとそこが短いニコレ通りである。あまり風情はない。途中に白い小さな三階建ての家がある。実際には三階には見えない。鉄格子の門の奥に、アパルトマンがある。格子をよじ登って中を見る。確かに人が住んでいるようだ。ランボーが好きな人にはこの家の前に立つのは感激の極みだろう。ヴェルレーヌとの初めての出会い。

家の前にはパリのあちこちで見かける案内板が立っている。歴史的な説明のあと、ここからヴェルレーヌの天国と地獄が始まった、と書いてある。百四十年前この小さな家の中で起こったことを想像すると嬉しくて仕方がない。中を見たいがそれが出来ないのが残念である。

僕が一番最近その家の前に立ったのは二〇一九年四月だった。もう一度いいカメラでそれを撮りたいと思ったのだった。ところが詳しく読もうと思っていたプラックがない。根元から切り取られている。がっかりしたが、家を間違えたのか。そしてつい

マチルダ

二人が初めて会った家。妻マチルダの実家、モーテ家

現在はアパルトマンになっている

に今回、ある本で古いその家の写真をみつけた。改装された（？）現在の家の写真も撮ることができた。

ヴェルレーヌは当時は市役所の役人で、真面目な青年であった。新進気鋭の詩人としても売り出し中だった。その家は新妻の実家で、彼女マチルダは十六歳、妊娠していた。しかしヴェルレーヌの関心はランボーに移る。

意気投合した二人はカフェからカフェへと飲んだくれたり芝居を見たり、詩を書き語りあい自由な楽しい日々を送るようになる。オデオン座で芝居を見たという記録もある。不遜無頼、行儀の悪いランボーは当然その家を追い出される。彼はヴェルレーヌの友人の家に居候になったがまた、すぐに追い出され、またいつかのようにごみ箱を漁りながらの浮浪者の生活をする。慣れたものだ。またあの真面目なヴェルレーヌが酔っぱらってうるさい妻を殴ったり、生まれたばかりの息子を投げつけたりする。

ランボーはパリの詩壇にデビューする。戦争で中断されていた高踏派の食事会がちょうど再開されたころだった。食事の後の朗読会で、ヴェルレーヌがランボーを紹介する。やおら立ち上がったランボーが「酔いどれ船」を朗読する。詩人たちは感嘆し

オデオン座

驚愕し茫然となって身動きが出来なかったらしい。一人の詩人が友人にあてて大体こんな趣旨のことを記している。

あなたはあの夕食会に出席されず実に残念でした。そこでアルチュール・ランボーという十八歳にもならない恐るべき詩人が、彼の発見者であるヴェルレーヌに紹介されたのです。大きな手、大きな足、まったく子供っぽい、十三の子供にもふさわしい容貌、深いブルーの瞳、内気というより人を寄せ付けない性格、こうした若者ですが、その青年の途方もない力強さと聞いたこともない退廃性に満ちた想像力は、われわれを魅了し、というよりぞっとさせた……

一八七一年九月のことだ。

正確には彼はまだ十六歳だった。手入れのしていない無造作な髪、礼儀知らずの少年、美しいが生意気な目つき、しかし誰もが驚く美少年だった。彼が不遜な態度で自慢げにしかも堂々と自分の詩を読む姿を想像すると僕の興奮はやまない。それを聞くパリの詩人たち、彼等もそれ相応のプライドを持って会に参加しているのに、少年ランボーの詩に圧倒されて、言葉が出ない。これは現実か、誰もが耳を疑う。拍手が起こってもランボーはまるで周りを無視する

カルジャ。ランボーの写真を撮影

17歳のランボー。朗読会に参加したころ

ように返礼はしない。アブサンを口にするだけだ。

しかし最初はその才能を認められ大切にされるが、すぐその傲慢な態度で嫌われはじめる。詩の会合ではアブサンを飲みながら隅から真面目な詩人の朗読を邪魔して大声でからかったりする。有名な十七歳の彼の唯一と言っていいほどの真面目な写真を撮ってくれたカルジャという写真家を仕込み杖で切りつけたりする。あれほど恭しく手紙を書いて詩を送っていた大御所のテオドール・バンヴィルが、彼の詩にちょっと意見を言うと、いきなり彼を軽蔑し始める。彼に向かって、そろそろ時代は十二音節がすたるのを迎えるのではないか、と訊ね、出ていく時は、間抜けなじじいだ、とつぶやく。ヴィクトール・ユーゴーやマラルメにも会うが、ただ二人はランボーを元気な若者として好意的に遠くから見ているだけだ。


ランボーは脱皮しようとしていた。今までと違った詩を模索する。伝統の形を壊し、すなわち十二音節を壊し、韻を捨て、これ見よがしに次々と書く。ボードレール風に散文詩にも挑戦する。しかし言葉はますます原色の色合いを増し力強く、怒りにも似た激しい侮蔑で周りを翻弄する。

その高踏派の朗読会は、「ヴィラン・ボン・ゾム」「醜い好漢たち」という名前の月

テオドール・バンヴィル

アブサンをよく飲んだ

に一回開かれる会合だった。ランボーが最初に「バトー・イーヴル」を朗読してパリの詩人たちを驚かせたカフェはどこか、これを知ることはランボーファンにとってはたまらない魅力である。

何度かそのあたりを回って探したが見つからない。しかしいつか時間がゆっくりあるときに、丁寧に探せば見つかるに違いない、というのが僕の長い間の望みだった。二〇一九年四月やっとその望みはかなえられた。そこは文献によると「ホテル・デ・ゼトランゼ」(異邦人たち)というホテル。サン・ミッシェル大通りに面した、ラシーヌ通りとエコール・ド・メジシス通りの角とある。まず今まで見ていたホテルの建物の壁をくまなく調べてみるがやはりない。次は隣接の建物を一つ一つ丁寧に見る。今日は絶対に見つけるぞ、という気合のためかやっと見つけることができた。それは角といっても通りを挟んだ向こう側の建物だった。壁にはプラックが取り付けてある。一八七一年、ランボーやヴェルレーヌや芸術家たちが集まった、幹事はシャル・クロ、と読めた時の興奮は最高である。ホテルは「ベロイ」という名前に変わっている。ここで詩を朗読するランボーの得意な顔が浮かぶ。酔っぱらっては二階にあるピアノで練習などする。

ただしここが「バトー・イーヴル」を最初に朗読したホテル・カフェというわけで

もないが、この会合が行われていたホテルでランボーが参加していたことは間違いないようだ。彼はそんなにいつも参加していたわけではない。

というのは次にもう一つのカフェが記録されているからだ。当時の名前はわからない。そして今回見つけたのだが、一階は綺麗なバッグのブティックになっている。サン・シュルピス教会の広場の前である。これにもプラックが二階の壁にある。ただし、本によると一八七二年と記録されているが、プラックの説明によると、ここで「バトー・イーヴル」を詠んだと記されている。詠んだのは一八七一年のはずだ。時間が合わない。「アミ・ド・ランボー」という組織名が記されている。

どちらでその詩を最初に詠んだか、僕には順序などどうでもいいというわけにはいかない、大きな問題である。いつか調べねばならない。ランボー研究家はたくさんいて、常に新しいネタを見つけ、今までのものを変更する、とある人から聞いたがこれもそうかもしれない。

このホテルに行くのは、すでに何度目かだから傍若無人ぶりはさらに激しい。朗読する他人の詩を罵倒する。止めに入ったカルジャを仕込み杖で襲う。

ヴェルレーヌがやっと止める。カルジャは十七歳のランボーの写真を撮ってくれた男だ。ランボーの代表的な写真だ。怒ったカルジャはそのネガを破り捨てる。しかし

詩人たちの朗読会「醜い好漢たち」のホテル

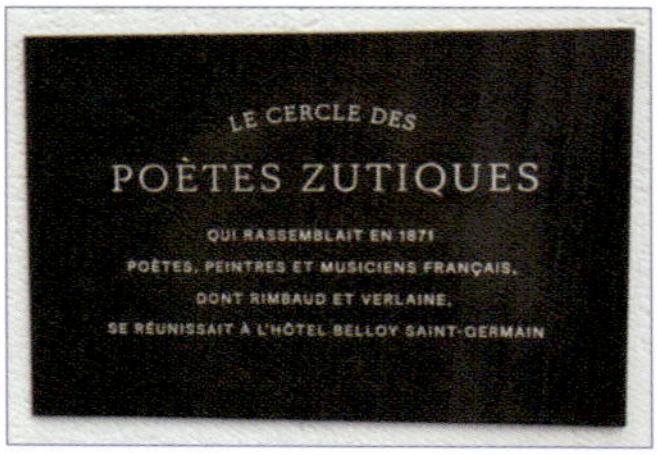

今のホテル

今はブティック。このカフェでランボーが「酔いどれ船」を朗読した

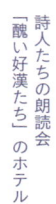

ラトゥール絵。左端がヴェルレーヌとランボー

Le Vendredi au Rat-Mort. — Raoul Ponchon lisant ses vers.

朗読会「死んだねずみの金曜日」

高踏派詩人たちの集り

幸いにして我々がいま目にする写真は残っていたのだ。

それ以来ランボーはこの会には呼ばれなくなる。ヴェルレーヌは友人たちに慰められる。

心優しいヴェルレーヌにとってはまさに天国と地獄である。ランボーと酒を飲み詩を語り詩を書き日々を送ることはこれ以上ない嬉しいことだった。家出同然の生活をしながら彼の詩は音節も韻もいつも美しく哀調を帯びている。ランボーとパリやブリュッセルの街を徘徊しながら、幸せな気分に浸る。だが、妻への愛情にもすがりつきたい。妻とその母につかまり連れ戻されそうになると大人しく従うが、すぐに逃げ出す。彼の家庭は完全に破壊された。彼もまたランボーに似てナイフを振り回したりするようになる。たまにランボーに会うと喧嘩して傷つけられたりする。その繰り返しである。悩み多きヴェルレーヌではある。

バトー・イーヴルを朗読したランボー

7 パリの放浪

ランボーには金はない。住居もない。しかし彼は相変わらず不遜である。年上のヴェルレーヌにも、おい、ポールと呼び捨てである。周りがカンパして生活費や住まいを提供してくれることぐらい当然という顔をしている。それでも大抵は一週間とかの短い滞在だ。やりたい放題の生活だが、彼にとっては実に充実した日々ではなかったろうか。事実彼の詩は古さを捨てて大きく変貌している。そんな彼の住まいを尋ね、彼と同じ空気を吸い、彼が詩を書いている後ろ姿を想像し、幻の彼と言葉を交わす。僕にとってこれ以上の歓びはない。

パリの下町サン・ミッシェルからサン・ジェルマン・デプレへ抜ける路地にサン・タンドレ・デザールがある。両側にレストラン、カフェ、土産物屋、本屋、服屋、クレープ屋、ディスコ、美容室などが並んでいる。僕はこの通りが好きで時間がある時は何度も往復したものだった。

ある角をセーヌ川のほうへ曲がると、セギエ通りという路地がある。今は建物がどれも改装されて一応の姿をしているが、まだ三十年ほど前までは薄汚い暗い路地だった。僕は古いパリを偲んでよくこの路地を抜けてセーヌ川に出たものだった。百五十年前はさらに汚い路地だったろう。ヴェルレーヌの家を追い出されたランボーは、シャルル・クロの案内でこのあたりの安ホテルに住まわされる。それを今回初めて知った。

今回知り合ったランボー好事家のアブドという人の資料にその当時の写真があ

ランボーの世話をしたシャルル・クロ

昔のセギエ通り

今のセギエ通り

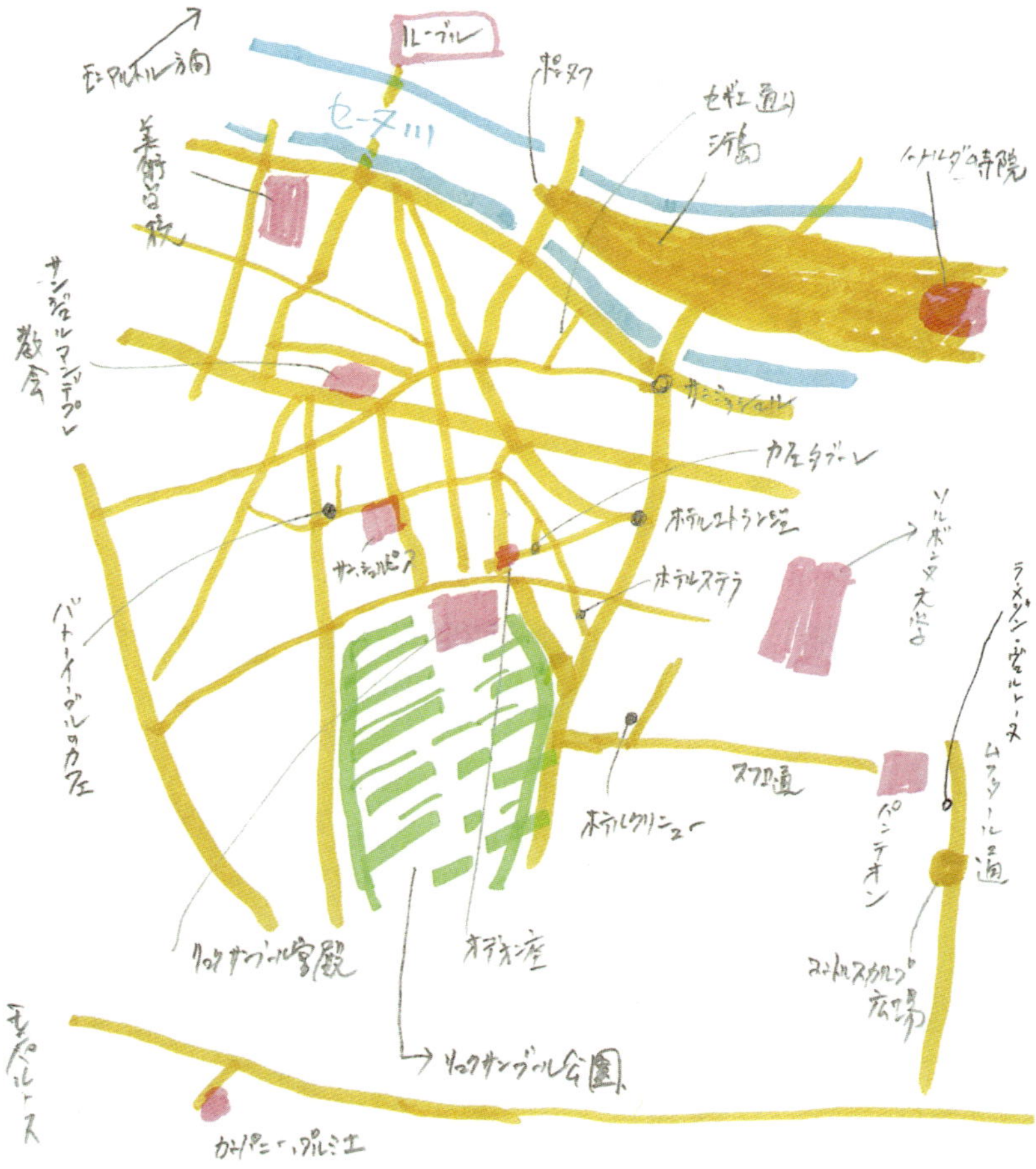

カルチェラタン地区図
（著者作成）

った。この写真は何よりうれしい。彼の息遣いが聞こえる。

いつでも自分の資料を提供すると言ってくれた、アブドさんのことを少し述べる。ソルボンヌ大学正面近くのホテル・クルニューについては前に書いた。後でまた詳述する。ランボーの手紙にもある彼が泊まったホテルだ。そのオーナーがアブドさんで、誰かが僕を紹介してくれていたらしく、チェックインするときに、電話するように言われた。短い時間だったが、自宅から出てきてくれて、そのロビーで会った。いきなり倉庫から段ボール箱を五個ほど持ってきて広げて見せてくれた。彼の話によると、今回この資料をあるオ

ホテルオーナー、アブドさん

ークションで手に入れたということだった。

ランボー研究家で著名なクロウド・ジャンコラスという学者が亡くなって持ってい た資料を全部ミュゼ・ランボーに寄付した。それを全部コピーしたものを手に入れた、ということだった。その資料は『パッシオン』というかなり分厚い本で、僕の知っている限りでは最高の資料の詰まった研究本である。僕はこの本を何年か前にミュゼ・ランボーで買っていた。そこでこのセギエ通りの古い写真を、コピーだが、見つけた。次から次へ出して見せてくれる資料は膨大だった。友人の大学の研究者を紹介する時にはよろしくと言うと、快く承諾してくれた。僕のようなただのファンでなくてちゃんとした研究者でないと勿体ないからだ。

明日マルセイユへ行くと言うと、マルセイユ在住の研究者を紹介してくれた。ビエンヴニュさんは、現役時代は数学の先生だった。彼は最近、ランボーの知られていなかったイギリスからの手紙を見つけたということだった。その最近の論文も見せてくれた。ランボーはイギリス滞在中にある日本人に会っていろいろ影響を受けたという。マルセイユ湾に面したカフェで二時間ほど話をした。僕のような素人に何時間も付き合ってくれて話を聞かせてくれた。気さくないい人だった。

当時のカンパーニュ・プルミエ通り

現在は公園と学校になっている

九月に初めて会って意気投合したランボーとヴェルレーヌだが、そのあまり狂ったヴェルレーヌは妻を殴り生まれたばかりの子供を投げつけ、それでも劇を観に行ったりランボーと過ごす日々を楽しんだ。そのころ、ランボーはセギエ通りからモンパルナスのカンパーニュ・プルミエ通りのホテルの屋根裏部屋に移っていた。その年の十二月から一月にかけての頃だ。

当時でもかなり古いホテルだったのだろう。最近訪ねてみるとそこには小さな公園と新しい学校ができていた。昔の写真で見ると、ホテルの前の通りを挟んだ建物は残っている。十九世紀の装飾の洒落た建物である。

元の道を進むとビィッシの辻「四つ角」に出る。大昔は処刑場だったとか何かで読んだ気がするが正確かどうか忘れた。右手にはホテル、サン・タンドレ・デザールがある。数日泊まったことがあるが、古いホテルでベッドはギシギシ鳴った。向かいに名前を忘れたがメキシコ料理屋があって、サンドラというパリジェンヌの親父の

一晩中若者たちでにぎわうビィッシの辻

経営する店で、行くと喜んで歓迎してくれた。サンドラは宮崎県庁に友好親善で来ていた女性だ。僕は仕事で宮崎へ行くたびに何人かでフランス語を習ったりしていた。

辻の手前の古い石畳の路地を左に曲がると、有名なル・プロコープというレストランがある。正面に回ると入り口にナポレオンの帽子が展示されている。ここは十七世紀のフランスで一番古い文学カフェということらしい。一度入ったが、自分で支払いはしなかったので定かではないが、高そうだった。

辻を右に曲がって進むとセーヌ川だ。途中に今はない「タブー」というキャバレーがあった。カミュやボリス・ヴィアンなどが夜な夜な飲んでいたらしい。探したが場所はわからなかった。

左に曲がり、大通りを横切って進むとオデオン座がある。その先はリュクサンブール公園の正面になる。

さてこの四つ角はパリでは最も華やかな下町の一つである。花屋、パン屋、カフェ、レストラン、ディスコなど、若者たちが夜遅くまで喋ったり飲んだりしている。その十番地に一週間ほどランボーが住んでいた。テオドール・バンヴィルが持っているアパルトマンの女中部屋に住むようにしてくれたのが、人のいい巨匠バンヴィルの奥さんだった。ところが、丸裸のランボーが窓から丸見えで近所からクレームがつく。巨匠が注意するとランボーは答える。「あちこちで寝泊まりしていたので、ノミシラミで、服を脱がねばならなかったんです」心優しい巨匠は服を買ってやり食事をご馳走してくれたらしい。しかしそこも一週間で出てしまう。建物は変わってしまっているようだが、その一階はカフェだ。

ある時、僕はその向かいのアパルトマンのワンルームに三週間ほど泊まったことがある。毎晩そのカフェでビールとワインを飲んだ。いつかランボーが通り過ぎるのに出会えそうな気さえしていた。九月の気持ちのいい日々の夜だった。ビールとワインが街灯に煌めき、若者たちのお喋りは尽きなかった。僕は孤独だったが、楽しかった。ただ何日通ってもカフェのギャルソンは、なんで年寄りの日本人が毎晩来て座っているか、という顔をしてサービスもいまいちだった。

昼間ちょっと土産物屋に寄った時に、ある絵葉書を見つけた。芸術家たちが住んでいた建物の写真で彼らの顔も円の中にある。ランボーとその建物が写っている。すぐ買ったことは言うまでもない。そしてその夜、僕はギャルソンを呼んで下手なフランス語で説明した。君はここにランボーがちょっと住んでいたと知っているか。驚いた彼の嬉しそうな顔が忘れられない。次の日から彼は僕がカフェに座ると飛んできて握手を求めるようになった。ほかのサービスはなかったが。

三年ほど前だったか、アメリカ映画で『ミッドナイト・イン・パリ』というのがあった。金持ちの家族、両親とその娘が売れない作家志望の婚約者とパリに旅行に来る話だ。二人には亀裂が入るが、男はパリを彷徨う内にパリに取りつかれ、ある時二十世紀の初めの良き時代のパリへタイムスリップする。ピカソ、、ジョセフィン・ベイカー、ガートルード・スタイン、フィッツジェラルド、ゼルダ、ヘミングウェイ、などと会う。

主人公が初めてヘミングウェイに会うのが古い「ポリドール」というレストラン。カルチェラタン、オデオン座のそばに今もある。中は広く古い。一八四八年創業と書いてある。床柱壁テーブルすべて年季が感じられる。昼時はランチが安くてボリュームがあるので学生、若者でぎっしりになる。夜は夜で観光客の肘と肘がぶつかるくらいいっぱい。僕はパリ滞在中は必ず一度は行く。先日は隣の客は北欧の観光客だった。ガイドブックによると、昔はランボーもよく来ていたと書いてある。

その隣が、ムッシュー・ル・プランス通り四十一番地、ホテル・ドリアンである。ボロホテルで売れない芸術家たちのたまり場だった。その最上階の屋根裏がランボー

ヘミングウェイが好きだったポリドールとホテル・ドリアン

「ホテル・ドリアン」今は「ホテル・ステラ」

この屋根裏部屋にしばらく住んだ。今は改装されている

の部屋だった。この部屋で彼は詩を書き楽しんでいる。友人ドラエーにあてた手紙が残っている。その中から一部引用してみる。

僕の部屋はサン・ルイ高等中学校の庭に面している。狭い部屋の窓の下には大きな木があった。朝の三時になるとろうそくの火が青色を増す。すると小鳥たちが一斉に梢でさえずりはじめる。これでおしまい。もう仕事はしない。この何とも言えぬ明け方のひと時に心を奪われて僕は木々や空に見とれる。するともう大通りには砂利車の断続的なよくひびく優しい音がひびきはじめる。僕はパイプをくゆらせて屋根瓦に唾を吐く。五時になると僕はパンを買いに行く。労働者たちはいたるところを歩いている。僕は帰って食事をして朝の七時に床に就く。夏の早朝、ここではいつもその時分が素晴らしい。……

ランボー好きな若者にはたまらないほどの魅力に溢れた文章だ。この屋根裏部屋に上れば必ず彼に会える。ホテルは今はホテル・ステラに変わっている。入り口は狭いドアが一枚。期待に胸をときめかせながらおそるおそる開ける。奥行きはまあまあだが、幅の三分の一は木の階段だ。暗く古い。二階の受付の部屋には中年過ぎのおばさんが一人座っている。ボンジュール・マダム。ここは昔ホテル・ドリアンと言っていましたか。ですけど、なにか。ランボーが住んでいたということを聞きましたが。ハア……。僕の発音がわるいのはわかっているので、思いっきり、強めの気障な発音で繰り返す。おばさんはニコリとして部屋を見るか、と聞いてきた。ヤッターと心が踊る。部屋は五階でおばさんは階段の途中で二度ほど休憩して息を整える。急な狭い階段でかなりきつい。

部屋は六畳もない広さで奥に窓があるが、暗くなぜか臭い部屋だ。壁には斜めに屋根の跡が残っている。おばさんの説明によれば、屋根裏部屋を改造して部屋にしたので、もともとは天井はこの屋根の下までだった。ベッドと机だけで部屋がいっぱいになるし、頭も低くしなければならない。それでも彼は生き生きとしている。唾を吐いたという窓はおそらく屋根に着いた小さな天窓に違いない。外は屋根が見えるだけ。写真を撮ろうにも狭すぎて部屋の状況をうまく写せない。仕方ないからおばさんの写真を撮る。一泊いくらか訊くと、五十ユーロという。星なしの五階にしてはやや高い。それでも遠慮するおばさんに十ユーロをお礼にあげる。今度パリに来たら泊まるからよろしく。この間、約三十分ほどだが、興奮と緊張で印象だけが残り詳細は覚えていない。ドアを閉める時最後に中を見ると、懐かしい誰かが、僕に微笑んで別れを告げたようだった。

二〇一五年、フランス政府観光局主催の「フランス語で俳句」というコンクールに優勝して、僕はフランス旅行を褒美にもらった。毎年十月の最初の週末の「白夜祭」をテーマにしたものだった。受賞した三人のうち、僕はパリとアルザスの旅だった。七日間。パリでは白夜祭に参加して、ネットなどでフランスの魅力を宣伝するようにとのことだった。ホテルも飛行機もすべて予約済の招待。短くて残念だったが、その一日をやっとホテル・クルニューにした。ソルボンヌ大学のすぐ横である。三年前まではいつもその前を通っていた。一八七二年、ランボーはそこで数日を過ごしたのだ。彼の小さな写真が窓ガラスに張ってあった。

ド・ゴール空港に着いたのは朝の四時。一時間ほど時間を潰してタクシーでホテルまで直行する。当然ホテルはまだ閉まっている。えい、構うものかとベルを押すと眠そうな顔をして男が出てきた。別に気分を害したふうはない。荷物を預けて外へでる。人通りはなくまだ寒い。久しぶりの界隈を歩き

ホテル・クルニュー

ホテル玄関

クルニューのロビー

回る。早朝のこんなパリも滅多に経験できない。パンテオン、サンジャック通り、ソルボンヌ大学、リュクサンブール公園の入り口、ディスコから若者たちが出てきて騒いでいる。やっと七時過ぎに開いたカフェを見つけ、熱いコーヒーとクロワッサンを口にする。飛行機の中で朝食はとっていたが、ここの朝飯はとくにうまい。

これは余談だが。午前中の予定はサンテ刑務所の周りを散歩すること、途中にある島崎藤村の住んでいたアパルトマンを見ることだった。サンテ刑務所には興味があった。アンリー・ルソーやアポリネールが入っていたのが一九一一年、大杉栄が一九二三年、ジャン・ジュネが一九四五年ころ、僕は彼らを同じ時期にそこに入れて対面をさせたいという空想に捉われて小説を書くつもりだった。

昼にホテルへ戻ると、さっきのボーイはいない。小さいが小綺麗なホテルで、受付の感じもいい。ランボーに会いたくてここを選んだというと、いろいろ話してくれてこれからも用事があればメールをくれと喋りかけてくる。彼が泊まった六十二号室は空いているかと聞くと狭いけどいいか、ちょっと見てもいいよ、という。見る必要なんかあるわけない。空いていればそれが最高だ。

その部屋はダブルベッドがあるだけで空間はほとんどない。シャワーとトイレ。明るく清潔である。窓からは他の建物の窓や壁が見えるだけだが、ランボーは、くそったれのパリと言いながらこの部屋を気に入っていた。ここもヴェルレーヌが世話をしてくれたホテルだ。やはり友人ドラエーにあてた長い手紙がある。夏の暑さに文句を言い、まわりの人間を揶揄し、少しはシャルルビルを懐かしんでいる。

……今のところ、僕が仕事をするのは夜だ。真夜中から朝の五時まで。……現在は奥行きのない三メートル四方ばかりの中庭に面した美しい部屋に住んでいる。……その部屋で僕は夜っぴて水ばかり飲んで……

といった具合だ。

この時期も充実したいい詩をいくつも書いている。彼の韻文詩の時代の最後に近い。「一番高い塔の歌」「飢餓の祭り」「五月の軍歌」など。渇き、飢え、夢想。この時期の詩に対する評論家たちの評は、ある甘美な憂鬱感を帯びた悲嘆の調べ、諦観したような倦怠感、陶酔の模様……などと評している。

ついに見つけたぞ
それは何、永遠だ

太陽と行ってしまった
海だよ

この詩は後の詩集『地獄の季節』では

太陽と溶けあった
海だよ

に変えられている。

よく知られた「永遠」という詩だ。だが彼はこの時にはまだ海は見たことはなかったはずだ。

偶然に出会った友人の一人が当時のランボーについて語っていたという。

彼の鷹揚な眼差しのうちにはかすかに気まずそうな様子と躊躇がたゆたっていた。それでもそんな波乱に満ちた日々にあって、己自身も他人もどこか茶化しているような柔和な冷笑がそこにはきらめいていた。……

友人の一人にMさんという女性がいる。彼女のランボーへの傾倒はすごい。一人でランボーの足跡をたどっている。ロッシュ村の情報を一度教えたことがあった。彼女は即訪ねて行ったようだ。あの町のタクシーで案内してもらったら、あなたのことを覚えていた、と教えてくれた。ホテル・クルニューに泊まったことを話すと、私は二十六歳の誕生日に前後一週間そこに泊まったわ、ということだった。彼女は近々ランボーの旅を追ってエチオピアへ行くと言っている。

8 放たれた銃弾

可哀そうなヴェルレーヌは、離婚すると言われて反省し家へ帰るが、誘われるとまたランボーのもとへ走る。優等生で尊敬してくれていた詩人仲間からも疎んじられる。何度もランボーと別れる決意を示すが、いつも挫折。そして馬鹿にされる。

その年の夏はランボーもいささか倦怠に陥る。詩への意欲も薄れかけている。はっきりとした日付の入った詩に「若夫婦」というのがある。ある評論家に言わせると、この時期の描写には、もう言うべきことが彼にはない、詩作も稀になっていった。努力しても何になろう。彼に注目する人も少なくなっていた。雑誌も彼の詩を取り上げない。酩酊と睡眠に明け暮れる生活、いつまでも続くはずはない。倦怠に襲われながら、彼の胸の中は何かへ対する欲求ではち切れんばかりであった。

結局二人は出奔する。マチルダと母親が追いかける。シャルルビル、ブリュッセル、ロンドン、ドーバー、アントワープ、を放浪する。金がなくなるとヴェルレーヌは母親に懇願する。その繰り返しだ。

その前年九月、彼がパリのヴェルレーヌのもとに現れて一年が経った。あちこち彷徨いながらランボーはまた次第に元気になる。歓喜は炸裂する。

おお、季節よ　城よ
無傷な魂など　それが何だ

またブリュッセルでは

いやもうたくさん、美しすぎる、黙っていようと詠う。

パリからブリュッセルを越えてさらにブリュージュを通り越すとオーステンドの港だ。一八七二年九月七日、十七歳のランボーとヴェルレーヌはこの港に立ち寄り、夜の船でロンドンへ向かう。

ブリュージュは「霧と運河の町」あるいは「死都ブリュージュ」などの小説を書いたローデンバッハによって知られている。ついでだが、彼はほとんどランボーと同じ歳なので当時は知られていなかっただろう。

オーステンドは当時は知らないが、今はカジノがあったり結構な観光地になっているらしい。僕はブリュージュに泊まるつもりだったから半日だけをそこで過ごした。街の中心では市が立っていた。画家アンソールの家は休みで閉まっていた。僕は海岸べりのレストランで海を見ながら食事をした。定番の舌ヒラメのムニエルと魚スープ。海は曇っていてぼんやりしていた。水平線は見えなかった。何とも心地よい午後だった。

初めて海を見た若者で感激しないものはいない。そして海原に昇る雄大な太陽も。ましてや感受性豊かな我らが詩人ランボーは、眩惑され限りない希望に燃え上がる感動を覚えたに違いない。柔らかな曙光が次第に猛々しい太陽になって海上から昇る美しさを、一瞬たりとも目を離さずに眺めていたに違いない。この時から無意識であっても、南の国々の太陽が己の宿命の究極の地であることを予感していたのだ。

オーステンドからドーバーまでの夜行船で海を渡って行くことは僕の長年の夢だった。薄汚いパリの思い出を捨て、物珍しい新しい世界を目指すランボーの高揚感、このまま流されていくとどうなるのかという不安、妻マチルダへの未練に満ちたヴェルレーヌ。それでも彼はランボーから離れられない。来たくなかったら来なくていいぜ、とランボーが言ったかもしれない。しかもランボーはまだ十七歳の少年だ。彼の母親が訴えれば、ヴェルレーヌは少年誘拐の嫌疑をかけられる怖れもある。ヴェルレーヌは罪悪感を覚えながらそれでも新しい詩の世界が待っているかもしれないとかすかな光に縋りつく。僕はそれらを少しでも身近に感じたかったのだ。また彼らのその高揚感と不安を僕自身で抱きしめてやりたかった。そして同

オーステンド。ここからロンドンへ二人は逃亡する

じように燃え上がる朝日に感動したかった。

しかし、今回追体験をしようと計画したが残念ながらできなかった。オーステンドからドーバーへの夜行船はすでに運行されていなかった。商業用のフェリーがあるだけだった。仕方がないのでカレーやアントワープの港から船が出ているか調べようとしたが、どこもブレグジットの問題のため、港の職員たちがストやサボタージュをして港は混乱していることがわかった。短い時間の取材なので効率的な時間配分が必要だ。仕方がないのでブリュッセルに戻って翌朝飛行機でロンドンに渡ることにした。ロンドンから半日かけてドーバーの港を訪れる、それしかなかった。

僕はオーステンドの港と浜辺で数時間を過ごすことにした。数年前の記憶が蘇る。水平線がぼやけて見えない広い海、ランボーはそこに力強い光の欠片の煌めきを見たのだ。僕はその想像に浸るしかない。

僕の訪問は五月一日だった。メーデーで休日なのだろう、多くの家族連れや恋人たちがゆっくり砂浜で遊んでいる。街中ではメーデーの行進があっている。広場ではマルシェ。のんびりした一日で誰もランボーなど知らないだろう。

その午後僕はブリュッセルに戻り、すぐに、彼らが感動したという王宮を見に行った。高い壁に囲まれて鬱蒼と木々が茂っている。風格のある宮殿だろう。彼らはレジ

公園より王宮

王宮への並木

ャン並木から見た王宮が特に美しいと言っている。当然その並木から王宮を見るのが僕のミッションだ。ところがレジョン通りからは建物にさえぎられて王宮は見えない。王宮の前は広い公園になっている。多くの人が散歩したり芝生に横になったり思い思いに休日を楽しんでいる。公園の並木は美しく、ここを彼らはレジャン並木と呼んだのではなかろうかと思ったりする。王族は普段はここに住んでいないらしい。百年前に初めて電車が通ったらしく、古い電車を出してきてセレモニーがあるというので沿道には大勢の人々が並んでいる。いい天気の日だった。

初めて彼らが二人でブリュッセルに来た時、泊まったホテルはどこか、これにまた興味がわく。文献によると、プロヴァンス・ド・リエージュというらしい。番地を調べ地図と突き合わせると、そこに「シリ」というホテルがある。オーナーが変わったりしてホテル名が変わったのだろう。そこに泊まることにした。

ズバリだった。外壁にランボーの写真が小さく貼られている。ホテルのボーイに訊くと少し前に何かのイベントがあったという。彼は新しく仕事に就いたばかりで、なにがあったか知らない、ランボーも知らない、ということだった。オーナーは不在。こちらは時間がない。バスタブ付きの立派なホテルだったが、それだけだった。

ヴェルレーヌとランボーがブリュッセルで初めて泊まったホテル

ブリュッセルから飛行機でロンドンに着いた僕はそのまま電車でドーバーを目指した。小さな駅と静かな古い街だが、通りに出るといきなりカモメの鳴き声がうるさいほどだ。漁村ではないのだろう、魚臭さはあまりしない。いくつかのカフェが開いているが、人通りは少ない。海の方向、小高い丘のドーバー城の下が海、そこを目指す。何の変哲もない広い海が広がっている。もう一度彼らの船の一夜を思い出してみる。彼らは興奮して、一晩中眠れなかったに違いない。海を包む神秘の闇、それを突き破って昇る深紅の太陽、そして夜明けとともに広がる海を白い飛沫の波で切り開いていく船。船が港へ着こうとすると、そこには純白の岩肌の上にドーバー城が九月の爽やかな朝日を浴びて立っている。周りをうるさく飛ぶカモメの群れさえ彼らを歓迎しているように思える。

あるいは雨模様の港町で彼らは濡れながらカフェを探し温かいコーヒーでわが身を慰めたか。不安と希望に満ちた異国の朝だった。

実際はどうだったか、記録にはない。僕はそのどちらも想像する。そして彼らの気持ちに寄り添う。

ドーバー港とドーバー城

僕のその日は曇り空だった。大きなフェリーが二隻着いているが静かだ。車専用のフェリーしかない。海岸べりを一人ジョギングしている。

二人は一晩の海の旅を終えてロンドンに着く。世界の最先端の都会、ロンドン。たまたま開催されていた、国際万博にて最先端の科学を目にし、シェイクスピアの芝居を観、イギリス人の未来への信頼、自信、あらゆる文化の活力に衝撃を覚え興奮した。工業産業文明の進歩を目にした彼は興奮を覚え感動はやまない。澱んだパリとは全く違う近代都市だ。カフェでの一杯のコーヒーさえ今までとは違う。

この時期にランボーが「共産党宣言」なども読んだのではないかという評論家もいる。二人が図書館へ通う姿を想像しても楽しい。

散文詩「イルミナシオン」の詩片もいくつか書かれた。また二年間、ランボーに翻弄され、破廉恥な家庭生活を自虐的に苦しみ、名誉も友人も捨ててしまったヴェルレーヌも刺激され再び書きはじめる。イギリスの現実離れした雰囲気に浸されて、甘美な哀愁とものの憂い悔悟に満ちていると言われた詩片を残す。

だが喜びと感動の持続の中にあって、無意識のうちに、それを破壊して先へ進まねばならない宿命がランボーの性格にはあった。

ドーバーの町

ハウランド通り三十四番地の家

ランボー。ヴェルレーヌ描く

ヴェルレーヌとランボー。フェリックス・レガメ画

妻からの離婚と賠償金の請求に悩まされ怒り狂うヴェルレーヌ、そのくせ妻への未練は断ちきれない彼を置き去りにするランボー、諍い、仲直り、その繰り返しの逃避行は続く。ロンドンにたむろする落伍者と肩を並べる状態にまでなった日々。

ヴェルレーヌの母親はそれでも彼をかばい送金する。またランボーの母親とマチルダの母が出会って、相手を誹謗し合うのも面白い。高尚な芸術への希求と泥沼の家庭問題の葛藤が面白い。ランボーもまた母親に会って叱られ、しぶしぶとシャルルビルに連れ戻されたりする。

若夫婦、その親たち、それにランボーが加わった四つどもえの闘争の末、ヴェルレーヌが改心して家へ戻り、一八七二年は終わる。

ランボーのロンドン滞在はパリより長く、十八歳にもなっていればただの天才少年ではなく勉強もしっかりしただろうという研究者も多い。二度目のロンドン滞在中に彼は毎日大英博物館の図書館へ通って勉強していたという。入場者としてのサインも残っている。

マルセイユのランボー研究家のビアンヴニュさんによると、ランボーは

ビアンヴニュさん

ランボーとヴェルレーヌが住んでいた家。上が修復前、下が現在

そのころ日本人に会ってある感化を受けたに違いないという。確かに「イルミナシオン」の「首都の景観」という詩に、「ライン川のかなたや日本やグアラニの……」という一行がある。グアラニは南米の原住民で日本をそれと同じに扱っている。が「岬」という詩では、「日本の木の梢を傾けている奇妙な公園の土手……」と書いてい

る。僕はそれは広重の浮世絵を見た感想だろうと思う。わざわざ、木という字を大文字で書いている。梅の花が咲いている絵だが、彼は梅の花を見たことがなかった……と僕の想像である。また一説によるとゴッホがこのころロンドンにいたともいう。ゴッホもその浮世絵を見て影響を受けている。

余談だがあることを発見して面白かったことがある。ランボーの生まれた年死んだ年と、ゴッホが生まれた年死んだ年は、両方ともゴッホが一年早い。

ただ僕としての興味は、彼らが初めてロンドンに来た時にどこに泊まってどう感じたかである。二人の最初の部屋は、ハウランド通り三十四番地ということはわかっている。ヴェルレーヌの昔の友人の部屋である。古い地図を探し出してみると確かにその番地はある。しかし新しい地図と照らし合わせるとその番地はもうない。実際の場所を歩くしかない。胸が躍る。

そこはロンドンの中心部からは少し離れているが、新しいビジネス街として賑わっている。多くのビジネスマンが行き交うが、パリのようなカフェもビストロも見当たらない。ちょうど昼時だったが、適当な店がない。やっと「スープ屋」というのを見つけて入る。十種類くらいのスープとパンとサラダやハムなど並んだ簡易食堂だ。ビジネスマンが短時間で入れ替わる。

ランボーらの頃はこのあたりがどんな界隈だったか知りたいがわからない。古い住宅も少しは残っている。その頃は市の中心から離れた下町の住宅街だったろう。住所も変わっているのではないか。それも当然だろう。

古い地図と現在のものを比べてやっとたどり着いたのは、BTタワーという高い電波塔だった。何度もあたりを回ってみるが彼らの足跡はなにもない。電波塔を見上げて時代の移り変わりを見るしかない。心躍らせて毎日を送った彼らの息遣いは巨大建造物の重さに押しつぶされていた。

だが一八七三年は再び平穏な顔をした地獄の使者の訪れで始まる。二人はそれぞれフランスへ戻り、パリとシャルルビルで日々を送っている。ヴェルレーヌは鬱病に陥り、もう死期が来たと呟く。彼を心配して、母がランボーを呼び寄せる。

再び地獄が始まる。離婚問題、脅迫、諍い、逃避、金欠、傷つけ合い、放浪。ドーヴァー、アントワープ、ブリュッセル、ヴィヨン、リエージュ、ロッシュへの帰還。男色の疑いで取り調べを受けたり、確かではないが、かつて市役所員だったヴェルレーヌがパリ・コミューンのシンパだったと警察に睨まれる。その繰り返しで半年が過ぎてしまった。

ハウランド通り

BTタワー

ついにその時が訪れる。決着をつけて出て行こうとするランボーとそれを止めようとしながらも、家庭を守ろうとする葛藤の板挟みに悩み泥酔したヴェルレーヌ。

七月十日の蒸し暑い午後のブリュッセル。美しいグランド・プラス「大広場」の裏通り、「ヴィル・ド・ラ・クールトレ・ホテル」で二発の銃声が響く。最初の弾丸はランボーの左手に命中したが、二発目は壁に当たった。

ランボーはサン・ジャン病院で弾丸摘出手術を受け、ヴェルレーヌは刑務所へ入る。彼は自由の身になり一人になったが悔悟と苦い痛みで茫然としていた。スキャンダルが広まり、こんなバカげた出来事で名前を失墜させられるのか。もうパリには興味はない。十日後彼はロッシュ村へ戻る。あのヴォンク駅に降り立ったランボーは、安心したのか「ポールが、ポールが……」と泣きながら自責の念に駆られて涙を流していたらしい。

このヴォンク駅については今後は彼の出奔、帰還においてその時々の意味のある起点である。それについてはまた改めたい。

ブリュッセルの中心部に、前述のグランド・プラス「大広場」と呼ばれる広場があ

ヴィル・ド・ラ・クールトレ・ホテル

グランド・プラス

る。かなり広い。周りは十八、九世紀の綺麗な建物が囲んでいる。ユーゴーが世界で一番美しい広場だと、言ったらしい。石畳の広場の周りには様々なカフェや店が並んでいる。昼も夜も美しい。その裏通りには、小便小僧の像があり、その辺りを曲がっていくとブラッスリー通りの角の小さな三階建ての建物に出会う。もう随分前なので正確には覚えていないが、一階が煙草屋か小さなレストラン。それが二人の大きな転期とその時期の終わりを迎えるホテルだ。ただホテルは廃業していた。広場も小便小僧もカフェもあたりは観光客で溢れているので、ランボーとヴェルレーヌの哀しい友情と愛憎、天国と地獄の終着駅をゆっくり味わうことはできなかった。しかし僕には懐かしさに溢れた雰囲気だけは確実に残った。ある時僕のフランス語のエレーヌ先生のご主人が君にあげると写真を撮ってきてくれた。建物に張られたプラックの写真だった。

「ホテル・シルル」に荷物を置いて二度目のブリュッセルを訪れた僕はすぐにグランド・プラスに向かった。メーデーの休日のため人が多い。広場に近づくにつれてますます賑やかになる。どのカフェも満員で笑顔の人々。天気もいい。十八世紀の高い建物に囲まれてグランド・プラスを楽しむ人々でいっぱいである。数年前に来たときは、静かな広場で、日本人観光グループにガイドが説明していた。そこに僕は黙って加わって案内を聞き小便小僧の像までついていったりした。

今回はまず「ヴィル・ド・ラ・クルートレ・ホテル」の写真を撮るのが最初のミッションだ。人ごみをかき分けてやっとホテルへたどり着く。壁のプラックを写真に収める。彼らの悲しい出来事の一八七三年を偲ぶ雰囲気はない。それは大勢の人々の笑い声にかき消され、また誰も気にしていない。一階はお土産のぬいぐるみがきれいに飾られている店だ。

そのプラックを手でさすり、ヴェルレーヌの悲しさと銃声を想像してみる。雑踏と喧騒のなかでもそれは冷たく僕の心に染みる。

グランド・プラスからつながるアーケードがある。ギャラリー・サン・チュベールである。タイル張りの通路には花壇があり、両側はカフェやケーキショップやブティックがありここも多くの人たちが散策している。十八世紀から続く美しいガラス張りのパッサージュだ。ここにヴェルレーヌが銃を買ったというモンテーニュ銃砲店があったと本には書いてある。たぶん現存はしていないだろうと思ったがやはりない。

もう一つ探したいのが名前もわからないが、思いつめたヴェルレーヌがトイレでピストルに弾を込めたというカフェだった。ここは前もって通りと番地を調べていった

ギャラリー・サン・チュベール

カフェ・グリーンウエッチ

カフェ・グリーンウエッチの室内

ので、これだろうと思うカフェを見つけた。シャルトルート街七番地カフェ・グリーンウエッチ。通路のテーブルでビールを一杯飲んでから地下のトイレに入っていく。中は広く歴史のある由緒あるカフェのようだ。トイレも広くそこで思いつめて焦った彼の姿が浮かんでくる。手は震えていたに違いない。そしてここが銃を買った店やクルートトレ・ホテルから広場を挟んで反対側にあるのに気が付いた時、僕は彼が銃を買い弾を込めても躊躇と不安と焦りに付きまとわれて広場やその辺を彷徨っていたに違いないと思い、彼が可哀そうでいとしくなるのを禁じえなかった。ヴェルレーヌを研究している者には彼の気持ちを察する重要なカフェだと思う。

ブリュッセルではまた重要な発見もあった。銃で撃たれたあとランボーが手術を受け弾を抜き、入院していたサン・ジャン病院を探すことだった。撃たれたホテルから徒歩で二十分くらいだろうか。百五十年も前の病院があるはずはない、そう思っていたが泊まっていたホテル・シルの広場を挟んだ向かいにそれはあった。ベッドに寝ている有名な絵がある。またその病院はかなり大きな組織のようで、周りをまわるといろんな研究所も付随しているようだった。

裏にまわると、一つ先の通りにオーシュ街があった。これもまた発見だった。そこに『地獄の季節』を出したジャック・ポート社があったはずだ。番地をたどる。三十七番地。そう古くはないが政府機関の一つであろうと思われる建物が建っている。ここでまた疑問が起こってくる。先の写真家大島氏の本には、白黒の写真で荒れ果てた草むらが映されてジャック・ポート社の跡と書かれていた。彼の写真はせいぜい今から五十年も経っていない頃だろう。この建物のほうが古い。僕の間違いか彼の間違いか。いずれはっきりさせなければならない。というのは、大島氏の草むらの写真がどれほど僕の心を憧れで満たしてくれたことかと思うからだ。

またランボーが退院して、シャルルビルに帰り「地獄の季節」を書いて出版しようとして再びブリュッセルに戻ってきたのが、怪我を負い入院していた病院の近くというのもなぜだろうと思う。いやな記憶のあるサン・ジャン病院の近くのジャック・ポート社とは、なぜだろう。このピストル事件は嫌な思い出とともに、甘く切ない忘れがたい思い入れもあるのだろうか。

ジャック・ポート社の跡

9 ピストル発見

ランボーに関して、数年毎に何かが発見されファンだけでなく世間を騒がせる。その都度ランバルジャン（ランボー好きな人）の胸は躍る。

二〇一六年十一月三十日、パリのクリスシエというオークションで一丁のピストルが落札された。当初の予定価格は日本円で七百万円前後だった。競り値段は瞬く間に上がって結果は五千三百万円で落札された。落札者の国籍はもとより何者かもわからない。電話による入札であった。

六連発、木製の柄、口径七ミリ、全体的に小さく男の手のひらくらいのサイズである。スマートな洒落たシンプルな形である。

一八七三年、物憂い夏の午後、七月十日、ブリュッセルの下町の安ホテルでヴェルレーヌがランボーを撃った銃そのものである。見た目ではそれほど殺傷能力があるとは思えない。事件の調書に記録された製造番号が本体のそれと一致したのだ。


それを手にする自分を想像するとうっとりとしてしまう。当時は当然警察に保管されていたのだろうが、百四十年の時を経てどんな経過を経ていきなりこの世に出現したのか。どんな人物が発見し、これがその銃だと断定したのか。おいおいその経過も明らかになるだろう。そしていつの日か僕もそれを目にすることが出来るだろう。手にすることはできないにしても。


二年ほど前だったか、僕のフランス語のエレーヌ先生が休暇のパリから帰ってきた最初の授業の時に僕に言った。

「ムッシュー井本、ランボーが外人部隊でジャワにいたこと知っていますか」

見せてくれた新聞には、アメリカのジャーナリストがその兵舎を訪ねた記事が載っていた。パリでは評判のニュースになっていたのだ。もちろん僕は知っていた。それ

ピストル。2015年展示。ビアンヴニュさん提供

サン・ジャン病院にて

サン・ジャン病院

は一八七六年頃です。そう伝えると先生は少しがっかりしていた。ランボーのその頃の手紙にジャワからの一通がある。なぜ彼は外人部隊に入ってジャワなどに行ったのか。オランダ部隊だ。あまり語られていないけれど、彼にとっては、「そして僕にとっても」それは特に重要な時期だったのだ。次の章で詳しく書くことになる。しかしそのアメリカのジャーナリストも大したやつだと感心せざるを得ない。

一番の発見は七、八年前、ブロカント「高級骨董市」で発見された三十代のランボーの写真だろう。場所はアデン。二年ほどの考察の結果、一八八〇年に姿を消したその後のランボーの三枚目の写真と言われた。これはかなりセンセーショナルだった。これも詳しく後で述べることになるだろう。

だがこれも最近、別人だという説も出てきた。僕なりの意見もある。

次は何が出て来るか、わくわくするばかりだ。

10 地獄の季節の執筆

しばらく手首の治療で入院していたランボーは、傷が癒えるとロッシュ村へ帰ってきた。ロッシュ村は先祖の土地、母親が幼い頃住んでいた田舎である。一家の郷里だ。小作人を使い農業を営んでいた。夏が終わり一家は総出で出かけ忙しい農作業に従事する時だった。

一家は農繁期以外は普段はシャルルビルに住んでいる。今はミュゼ・ランボーになっている粉ひき工場の前、ムーズ川のほとり、ランボー河畔のアパルトマンである。ここで数々の詩を書いたのは前に述べた。ロッシュ村とは約三十キロ離れている。

僕が最初ミュゼを訪れた時、事務員に今からロッシュ村へ行きたいが、どうやったら行けるか、と聞いたことがある。え、歩いて？　三十キロはあるよ、と笑われた記憶がある。

不遜な態度のランボーも傷を負い、また刑務所に入っている親友のヴェルレーヌを思い相当に落ち込んでロッシュ村へ帰ってきた。最初心配して気遣ってくれた家族も農作業に忙しく彼を構うことも少なくなってくる。まったく農作業を手伝う気のないランボーには書くことしかなかった。もともと詩情は噴き上げんばかりである。生々しい体験がさらに強烈な効果を生んでいる。

彼は穀物倉庫の二階に一日中籠って詩を書き続ける。「地獄の季節」だ。いつ眠ったか起きたかわからない。書きながら彼は怒号を飛ばし呻き嗚咽を上げる。悪夢と闘う。足踏みが激しい。熱にうなされ続けた一カ月が過ぎ彼は名作「地獄の季節」を書きあげる。ここでその断片を記すことにはあまり意味もないが、素通りもできない。

かつておれの記憶に間違いがなければ、おれの生活はあらゆる人の心が開かれ、酒という酒が溢れ流れた宴だった。ある宵、おれは美というやつを膝の上に座らせ

当時のロッシュ村。ランボーはこの風景を見ながら、こもりっきりで「地獄の季節」を執筆した

母親の農園

た。苦い奴だと思った。そこでおれはきゃつを傷つけてやった。おれは正義に対して武装した。……

［かつておれの記憶に間違いがなければ……］（部分）『地獄の季節』より

おれは毒を喉いっぱいに飲み干した。おれへの忠告こそ祝福されてあれ。はらわたが焼け焦げる。毒の激しさが手足を縛り、俺の体を変形させ、地面にたたきつける。喉が渇いて死にそうだ。息が詰まる、叫ぶことも出来ぬ。これが地獄、永遠の刑罰なのだ！　見ろ、炎が勢いを盛り返した様を！　おれはされるがままに焼け焦げる。さあどうだ、悪魔よ！

地獄の夜（部分）『地獄の季節』より

時として、おれは空に、歓喜の白色民族に覆われた、果てしない海辺を見る。頭上では一隻の黄金の大船が、朝の微風に色とりどりの船旗をはためかす。おれはあらゆる祭りを、あらゆる勝利を、あらゆる劇を創り上げた。新しい花を、新しい星々を、新しい肉体を、新しい言語を発明しようと挑んだ。おれは超自然の力を手に入れたと信じた。ところが、なんと！　おれはおれの想像力と思い出の数々を葬らねばならない！　芸術家の、また語り手の美しい栄光が持ち去られた！　……

別れ（部分）『地獄の季節』より

暁が来たら俺たちは燃えるような忍従の鎧まとって光輝く街に入るのだ

別れ（部分）『地獄の季節』より

何度も読んでは心ふるわせた『地獄の季節』は、いつの間にか僕の血となり肉となっている。「白痴のおぞましい狂笑」をもたらした春から、「もうすでに秋だ、それにしても何故永遠の太陽を惜しむのか……」を経て、「おれは冬を恐れる。なぜならそれは慰安の季節だからだ」によって一季節が終わる、地獄の旅である。

「この作品は原理に基づいて思考が展開されるとか発展する結論ではない。あえぎ喘ぎの独白であり、矛盾、撞着のぶつかり合う渦の中で、作者の本能と好みが繰り返し問い直され、とめどなく繰り返される。つまり、悪と無垢のいずれにも心惹かれ、神への渇望と憎悪に引き裂かれ……」と評があった。

母親のヴィタリー、兄のフレデリック、妹のヴィタリー、イザベル、みんな農作業に忙しい。だがアルチュールは知らぬ顔だ。夕方家族が疲れ切って夕食をとる時、熱に浮かされた彼が戻ってくる。非難の目つきにあっても黙りこくったままだ。「全百姓もけがらわしい、ペンを持つ手も鍬を持つ手も同じか、おれは断じて手に鍬など持つものか……」などとのたまう。それでも彼が一番かわいがっていた妹のヴィタリーは日記に記している。
「アルチュール兄さんは、何も手伝わない。それでも大事な仕事があるんだもの」

一季節をかけて地獄を一回りしてきたはずだったが、地獄は忍び寄るその影をわずかに見せただけだった。心の奥底から噴出してくるあらゆるものを紙にぶつけてしまって、彼はしばらくは気の抜けた日々にいた。

二〇〇九年、僕は初めてロッシュ村を訪れた。シャルルビルのランボーの足跡を一応見尽くしてからだった。パリとシャルルビルの間にルテルという駅がある。シャンパーニュの中心のランスの近くだ。支線の乗り換え駅で小さな町だった。地図で探してそこが一番ロッシュ村に近いだろうと見当をつけた。人影もあまり見えない街角に、観光案内の事務所がある。ヴェルレーヌ記念館があると聞いた。そこにも興味はあったが、まずロッシュ村だ。無理だとわかっていたが案内の女性にロッシュ村までのバスの時間を聞いた。予想どおり一日に数便あるだけでその日には帰れない。つぎはタクシーだ。何万円かかるかわからないが、十万円を超えることはないだろう。例え超えたとしても、ここであきらめるわけにはいかない。当然電話をした。

通りで待っていると、トラックのような中型車をおばさんが運転してきた。明るいおばさんで、ヴェルレーヌやランボーは不良だったから地元の人にはあんまり人気はないよ、ついでにヴェルレーヌ記念館の前を通ろう、とまくし立てる。広い平野というか丘陵地帯、の畑の中を車は走る。はるか彼方は雲に覆われている。

記念館は休みだった。ヴェルレーヌはブリュッセル事件のあと刑務所を経て改心し、敬虔な信者になった後、教職に就いた。そしてリュシアン・ルチノアという少年と農業に従事

地獄の季節のモニュメント

する。その辺りの畑を買って彼に与える。その隅の小ぢんまりとした家が記念館になっている。

少年は美少年で、三十半ばのヴェルレーヌの恋人として日々を送っている。

しかし先日、ヴェルレーヌ研究家、九州大学のK先生にそのことを聞くと、いや純粋に養子のような扱いで決して同性愛の結びつきはなかった、と教えてくれたが、僕はその説は信じたくない。

何枚か写真を撮ってそこはそれで終わり。

いよいよロッシュ村だ。いままで白黒写真で見た暗く古い農家の納屋や牛小屋や穀物倉庫が目に浮かぶ。彼の怒りに燃えたぎっている鋭い青い眼が光る。苦悩と恥辱に耐えて沈黙に沈む顔が見える。虚無の深淵に向かって雄叫びを上げ髪をふり乱している少年。さあ着いたと、おばさん。

何もない。ただの田舎の舗装された三叉路。小さな木立の先はただだだっ広い畑が広がっている。ランボーハウスと書

瞑想の池

今はなにもない村

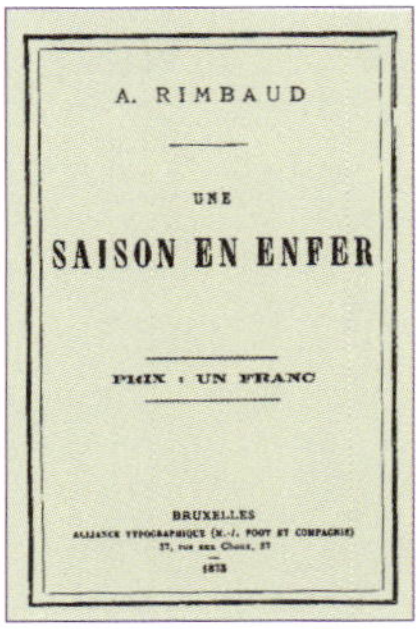
A. RIMBAUD

UNE

SAISON EN ENFER

PRIX : UN FRANC

BRUXELLES

『地獄の季節』

かれた古家があるがこれは偽物に違いない。荒れ果てた雑草にまみれて、二本の金属のモニュメントが立っている。「ここでアルチュール・ランボーが地獄の季節を書いた」と彫ってあるだけ。車も通らない、風が吹き過ぎるだけだ。

さあ、アルチュールよ、君に会いに来たぜ。君と握手をして抱きしめるために来たぜ。ここは、地獄の始まりの場所でもあり、終わりの場所でもある。母親の里でもあり、ある時は少年アルチュールの懐かしい遊び場所でもあったはずだ。長い放浪と虚無の闇を彷徨って片脚になって戻ってきた場所でもある。そして地獄の扉を開き、絶望のうちに扉を閉めに帰ってきた場所だった。崩れてしまった土塀が残っている。これらは当時の物だろうか。ドイツ軍のナチスの攻撃によってこのあたりも爆撃で破壊され尽くされた。

何もない。風が吹き抜けるが静寂を壊すことはない。僕は立ち尽くす。木立の蔭から誰かが僕を見ている。急に懐かしさが込み上げてきて僕は振り返る。だが、ただ雑草が揺れているだけ。君と同じ空気を吸い地面に足を付けただけで、君の気持ちがわかるのはおそらく僕だけだろうという。

近くに小さな池があった。洗濯池と書いてある。昔の人はこんな池で洗濯をしていたのだ。睡蓮が浮かんでいる。ここでランボーは何時間も座って瞑想にふけっていたとおばさんが説明してくれる。浮かんだ睡蓮を、「水薔薇」と名付け、水に映った空を見ながら異国を思っていたのか、すでに地獄を見つめていたのか。そして空虚も。

数年後に再び訪れた時は、駅前のタクシーと看板のある家へ入って、しぶしぶ出てきた男に一時間の貸し切りを頼んだ。今回はヴォンク駅をぜひゆっくり見たいと思った。そこはランボーがロッシュ村から出かける時に立ち寄った駅、そして最後には足を切ってロッシュ村へ帰ってきた時に降り立ち、すぐにまたマルセイユへ死にに行くときの最後の駅である。彼の旅の起点である。古い駅の写真を見たことがあって、今は廃線になっているその駅は見なければならないと思っていた。この駅についてはまた後で詳しく述べる。

また「地獄の季節」の碑を訪れた。その周りの雑草がきれいに刈り取られそれなりに養生されているのがわかったが少し気が抜けた気がしないでもなかった。

三度目の訪問はそのかなり後だった。ルテルの街の変化はなかったが、気楽な旅は

ヴェルレーヌ記念館

ヴェルレーヌ記念館

リュシアン・レチノワ

できなかった。まずルテルでのタクシーがない。どこも予約でいっぱいということだった。こんな田舎では車を持たない年寄りとか、学校の行き帰りなどに村人たちが定期的に予約するのだろう。五軒の会社に電話して何とか頼み込んで少し遠くから車をやっと回してもらう。

今回はヴェルレーヌ記念館も覗いてみようと思ったが、かなり遠い。そして前に行ったところと違う。以前は田舎の畑のそばの小さな一軒家だったが、今回の記念館は集落にある倉庫のような建物だった。農作業用の倉庫兼住宅なのだろうか。彼に関しては二軒あるということなのか。またいつか専門家に訊いてみなければならない。

懐かしい記念碑はそのままあった。雑草と背後の茂みに覆われて僕を持っていた。数年ぶりにその碑をさすった。懐かしい肌だ。「余談だが、日本で令和が発令されたころだった」

ただ前から気になっていることが一つあった。記念碑の後ろに変な家がポツンと建っていて、それが「ランボーハウス」と書かれていることだった。ランボー一家の頃の家とは全く違うのはすぐわかる。たまたま碑が出来る前から住んでいた誰かの家だったのだろう。今は誰も住んで

ランボーハウスと詩碑。ポール・ボーン建立

はいない。しかし今回初めてその家にブラックが取り付けられていた。「彼は苦しむために苦しんで詩を書いた」とある。

この旅の前にランボーの家を誰かが買った、という話は聞いていた。ランボー一家の家はシャルルビルに三軒残っているが一つはミュゼ、一つはアパルトマン、一つは閉まったままである。それでわかった。この変な家を買った人がいたのだ。

あとでマルセイユのビアンヴニュさんが教えてくれた。買ったのはアメリカのロック歌手のパティ・スミスという詩人だった。彼もランボーファンらしい。直接関係がなくとも記念碑のすぐ横に寄り添うように立っている家はそれだけで価値があることは間違いない。ランボーを独り占めにしたいようだ。

タクシーの手配に時間がかかり、ヴェルレーヌ記念館への回り道で、ヴォンク駅には行けなかったのは残念だった。夕方までにパリに戻らねばならなかったからだ。

その夜パリの下町のバーで若い友人たちとしこたまワインを飲んだ。シャルルビルとロッシュ村へ行ってきたと話すと一人が立ち上がって、「地獄の季節」を暗唱した。

飢餓（部分）

『地獄の季節』より

俺があえて喰らいたいものは
土と石ころくらい
俺の昼めしはいつも空気
それに岩と石炭と鉄

飢餓よ　回れ　草を喰え
うるさい牧場で
引き寄せろ陽気な毒を
昼顔の花々から

さあ喰らえ砕かれた小石を
教会の古びた石を
灰色の谷に撒かれたパンを
それは昔の洪水が残した砂利だ

狼が葉陰で吠えている
一気に平らげた鳥の
綺麗な羽根を吐きだしながら
俺もやはり疲れたよ

サラダ菜も果物も
摘まれるのを待っているだけ
だが垣根の蜘蛛は
菫の花しか喰わない

眠りたい　煮えたぎりたい
ソロモン王の祭壇で
沸騰する肉汁は錆の上を走って
セロドン川に溶けてしまう

11 『地獄の季節』出版とその後

ランボーは吐き出し叩きつけ激情の限りを尽くすと、半分はもう興味はなくなっていた。かろうじて昔知っていたベルギーの印刷屋に五百部を刷ってもらい十二部だけを手元にもらう。一冊一フラン。刑務所のヴェルレーヌや何人かの友人に届ける。出来上がった本自体には彼は満足していた。その評判を気にしていた。嬉しそうにしていたと誰かが書いている。

彼は再びパリに姿を現す。事件後初めて彼が確認されたのがカルチェラタンのカフェ・ターブレだ。だがブリュッセル事件を噂している友人たちは誰もが気味悪がり怖がって近寄ってこない。冷笑と無視を浴び彼は黙って腰を下ろしているだけだ。「蒼ざめた若者は、その目付きが見る者の魂を震撼させるほど、悲しげだったので、生涯忘れることが出来ないほどだった」とある人が書いている。彼は沈黙に閉じ籠ってしまう。パリはもううんざりだ、文学とは、詩とは何か、もう興味はない、一瞬とはいえ彼はそう思ったに違いない。

　このターブレというカフェはどの本もあまり重要視していないが、僕には彼の表情が想像されるだけ、ぜひ知りたいカフェである。それでまたマルセイユのビアンヴニュさんへメールで訊いてみた。即座に返事が来て僕の心は踊った。それはオデオン座の裏とリュクサンブール公園の小さな通りの角にあった。一階は空き室のなんの変哲もない小さな建物だったが、様々な映像で僕の胸ははちきれそうになっていた。

　ジェルマン・ヌーヴォーという若い詩人がただ一人、かれはヴェルレーヌを崇拝していたが、ランボーに声をかける。ランボーは、もう詩なんてどうでもいい、どこか未知の土地へ旅してみた

一階のカフェ・ターブレの跡は空き家

い、というとジェルマン・ヌーヴォーが、じゃあ僕も連れていってくれませんか、と返事をしたという。

印刷屋に残した『地獄の季節』の残り四百八十冊あまりはその後支払いがないまま、一九〇一年まで倉庫に三十年近く眠り続けることになる。そして一九一一年、ある愛書家がただ同然でそれを手に入れる。

ロッシュ村へ帰った彼は手持ちの原稿や手紙を大きな暖炉に投げ込む。母親は彼の改心を喜ぶ。もう馬鹿な真似はしないだろう。妹たちは真剣な兄の顔が炎に照らされて揺らぐのを美しいと思って見ている。ただ、書き溜めていた「イルミナシオン」のもとになる原稿だけは焼くことはできなかった。

僕の『ロッシュ村幻影』という小説に次の行がある。

「アルチュールは書きなぐった原稿を燃やす。激しく燃え上がる焔から彼は目を離さない。おれは本当の「見者」になった。地獄の季節をのたうちながら徘徊して戻って来た。そして立ち上がった。だが詩は地獄を征服したか。真の「見者」とは。

ジェルマン・ヌーヴォー

詩を書く自分に何の意味があるのか。揺らぐ焔がそう感じさせるのか。焔に纏いつかれ身をよじる自分が見える。頭髪が燃え上がる。苦痛に苛まれてじっと耐えている己が見える。救いを求めているのか。焔はおれを焼き尽くさない。生殺しのようにいつまでも止まらない。」

一八七四年の春、ランボーとヌーヴォーの二人はロンドンに着く。もうすぐ二十歳になろうとするランボーはもう大人である。二年前にヴェルレーヌと海を渡った時とは違う。今は英語を勉強する時だ。いずれドイツ語も勉強しなければならない。職も探さねばならない。

彼らが最初に住んだところは、ワーテルロー駅近くのスタンフォード街一七八番地である。

その跡を訪ねてみたが、その番地には大きな映画館が建っていた。近くにはカレッジもあった。だれもランボーなど気にもかけず急ぎ足で通り過ぎていく。

しかし文学への希望がすこしずつ息を吹き返そうとする。ジェルマン・ヌーヴォーは作品をパリへ送り、ランボーも何かうずうずしてくる。手元に残していた「イルミナシオン」の原稿を清書したりする。だが突然、ヌーヴォーは黙ってランボーの下

映画館

を去る。お前がランボーのところにいると、いずれ同じように文学の道を閉ざされ、誰もがお前を見限るぞ。誰かのきつい言葉がヌーヴォーを決心させたようだ。ランボーは再び一人になる。

一人になったランボーが住んだところはどこか。参考本には二カ所が記されている。ラングハム街二十五番地とフィッツロイ広場ロンドン街四十番地。ロンドン街は彼とヴェルレーヌが初めてロンドンに来て住んだハウランド通りの近くである。新しい地図と古い地図を重ね合わせて探すと古い建物に出会う。たぶんこれだろう。そこで彼は質素な生活を送っていた。英会話の相手を探し、フランス語を教えようと新聞広告を出すが成果はない。その上、まだ二十歳になるかならないかの青年である、すこし鬱状態になっていたらしい。勉強しても何かむなしい。耐えられなくなった彼は母親をロンドンに呼ぶ。母親と上の妹ヴィタリーがやってくる。いつもいがみ合っていた母親であるが、アルチュールはもう子供ではない。

この妹のヴィタリーはやはりアルチュールに似て文才がある。十六歳だった。ずっと日記をつけている。このおかげで家庭内のことなど随分とアルチュールの人柄も知

チュアリング・クロス駅

トラファルガー広場

ることが出来る。また彼がどれほどこの妹を可愛がっていたかも知ることが出来る。

その日、アルチュールは彼女らをチュアリング・クロス駅に迎えに行く。彼女はロンドンの駅の大きさに興奮する。また通りも駅も教会もどれも立派だ、立派だ、と連発する。市内電車や交通ラッシュに興奮する。トラファルガー広場のネルソン像に驚く。大英博物館も見学する。セント・ポール大聖堂のミサにも参列する。街中の美しい店を見て回り、レースの綺麗な服を買いたいと思うが、母親が許してくれないのがわかっている。暑い夏の公園でアイスクリームを食べる。何と美味しいことだろう。

アーガイル広場十二番地が彼女らの宿泊所である。地図でその場所を確かめていると、そのままホテル・ヨーロピアンになっているのがわかった。すぐ予約したのは言うまでもない。古く安いがちゃんとしたホテルではある。部屋数は二十くらいか。彼女らが泊まった頃のことをホテルに訊くと、この建物は二百年経っているが昔はホテルではない、簡易下宿みたいなものではなかったろうか、という返事だった。ランボーがかわいがっていた妹と同じ部屋に泊まれるなど、こんないいチャンスはない。二階の部屋の窓からは広場が見える。ヴィタリーの日記にある「私たちの部屋の窓の下にも大きな木々の葉陰に、無数の花が生い茂っています」

僕が目にしたのはまさにそのままの情景だった。ヴィタリーはシャルルビルとロッ

セント・ポール大聖堂

大英博物館

シュ村しか知らない。前に述べたようにこの旅は忘れられない旅だったろうが、ランボーにとっても悲しい思い出になってしまった。そして僕にとっても忘れられない部屋になった。

その年の猛暑が女性二人を苦しめる。ヴィタリーはシャルルビルが恋しくなる。兄はまだ職が決まらない。二人はとうとう帰ってしまう。二十三日間の滞在だった。

ヴィタリーは日記に書く。

「三十一日にお兄様と別れた。お兄様は悲しそうだった」

「私はアルチュール兄様のこと、兄様の悲しみのことを思う。ママのことを考える。ママは泣きながら手紙を書いている」

その年の暮れ、クリスマスには間に合わなかったが、久しぶりにランボーがシャルルビルに戻り一家で楽しい正月を迎える。

ロンドンを離れスコットランドなど転々とするが英語をほとんどマスターした彼に

ヴィタリー母娘が宿泊した宿

もう英国は必要ない。またその時、徴兵の召集令状が届く。だが兄のフレデリックが五年の兵役を志願しているのでかろうじて免除される。つぎはドイツだ。かれはシュツットガルトへ向かう。

長い間囚人生活をしていたヴェルレーヌが釈放されたのはその時期だった。彼は神秘体験をし敬虔な信徒になっている。ランボーに会うためにシュツットガルトにやってくる。久しぶりの時間だ。ヴェルレーヌは神についてランボーに説くが相手にされない。酒が入ると二人はまた昔のように喧嘩を始める。懐かしい喧嘩だったが、それ以上は何の発展もない。

「イルミナシオン」の原稿をヴェルレーヌに預けジェルマン・ヌーヴォーに渡しどこかに発表するように依頼する。それは幾人かの手を経て十二年後、一八八六年にやっと日の目を見る。その時武器商人としてアフリカの闇に蹲っていたアルチュール・ランボーの知らないことであった。もちろん、誰もがアルチュール・ランボーそれは誰だ、と言っていたことだろう。

冬が去ると、彼の放浪癖が再燃する。アルプスを越えイタリアに入るがミラノで病気で倒れる。その後南へ向かうが疲れ果て、フランスへ送還される。マルセイユに渡りスペインの軍隊に志願するができず、けっきょくその夏パリに戻る。

12 終わりの始まり

それが本当の地獄の始まりだった。地獄とは怒りを噴き上がらせるところではない。怒りは噴き上がらせればあるいは忘れることも出来る。また我慢すればいいだけだ。だが悲しみは忘れることが出来ない。時間とともに深くなっていくばかりだ。それが地獄なのだ。そのどん底に陥ってしまうともう抜け出すことはできない。悲しみを捨て去るには己の肉体と精神をも一緒に捨て去るしかない。

一八七五年七月に一家は、兵役中の兄のフレデリックを除いてパリに滞在する。体調を壊していた妹のヴィタリーの診察と治療を専門家に仰ぐためだった。検査の結果を待ち、今後の療養生活の指示をもらうために滞在は長くなっていた。

パリに出かける前日の日記にヴィタリーは書いている。この日記はシャルルビルのミュゼ・ランボーにある。

七月十三日　明日パリに行く。嬉しい。心が踊る。去年はイギリスの首都にいた。お兄さまのおかげだった。今年はパリだ。今は夜の八時。明朝四時に出発する。様々な思い、そう、本当にさまざまな思いが胸に迫る……

ここで日記は終わっている。

ここからは僕の小説『ロッシュ村幻影』を引用する。詳しい資料はない。僕の想像の中に彼と一家の現実がある。

「何日も待たされ何日も診察と検査。病名がわかるまで長い時間だった。昨年はロンドン、今年はパリとはしゃいでいたヴィタリーも長い待機に嫌気がさし始めていた。ある夕方、ホテルの部屋でヴィタリーはシャルルビルへ帰りたいと駄々をこねて泣いていた。叱りつける母親の前で妹のイザベルも泣いていた。ヴィタリーは、ねえアルチュール兄さん、お願い帰りましょう、シャルルビルへ、と彼の腕にすがってきた。

アルチュールも悲しかった。ヴィタリーはまだ知らなかったが、その病気はほぼ治る見込みはないとの事だった。命は来年の春までもつかどうかわからない、と医者は言った。それでも少しの望みをかけて治療方法の指示を待つばかりだった。

よし、みんなでパリ見学へ行こう。馬車を呼ぶ。少しは暑いが走れば涼しい。

アルチュールの提案にみんなあっけにとられたが逆らわなかった。昨年の夏ロンドンで機嫌の悪かったヴィタリーがアイスクリームを食べて喜んだことがあった。あの時の嬉しそうな顔をまた見せてくれ。みんな疲れて黙りこくっていた。馬車はパリの夜を走った。ガス灯に浮かんで美しい建物が次々に後ろへ走っていった。走れ、パリの夜を。アルチュールは一人心の中で叫んでいた。見るんだ、パリの灯を闇を。セーヌの輝きを、たくさんの人間が傷ついて死んでいったパリだ。パリ自身も傷つき、そして傷つくたびに美しくなっていくパリだ。おれの愛したパリ、そしておれを裏切ったパリ。彼は心の中で泣いていた。パリよ、ヴィタリーを救ってくれ。おれの心を捧げたパリよ。そして最後のパリよ」

資料によると、その後はヴェルレーヌとの決別や、ピアノの練習や、気が狂ったような外国語の勉強に日々を費やしたとある。英語ドイツ語はもう済んでいた。ロシア語、アラブ語、アムハラ語、ヒンドスタニア語、と記録されている。

そしてその時が来た。詩とは何か。文学になんの意味があるのか。彼は初めてそのことを己に問うた。いや問う前に彼は問いさえ捨てた。何の意味もない。悲しみ、苦悶を抱えて生きること、その中に生きることの平穏さを気づかぬうちでもいい、自然に身に着けることだ。この己の日々がどんな詩よりも激しい詩であるのだ。かつて彼が切り開いた俗世間の先に輝いていた光は、闇に変貌した。残酷な美しい真実の闇だった。

再び『ロッシュ村幻影』に戻る。これは前にも書いたが、僕にとっては重要な出来事なのでもう一度記す。

「その秋からずっとヴィタリーはシャルルビルの家で床に就いていた。全身の骨が息をする度に壊れていくようだと言っていた頃はまだよかった。今は身体の得体の知れない緩い痛みが、その起こって来る奥底へ体全体を引き込もうとしている、と彼女は言った。それは物理的な痛みでもあったが、恐怖の痛みでもあった。艶やかだった栗色の髪は抜け落ちナイトキャップから僅かにはみ出している。頬と唇は痩せて土塊のようだった。ただアルチュールに似ている青い瞳だけが不安の余りさらに美しくなっていた。彼は家族の中で彼女が一番好きだった。ヴィタリーもそうだった。

「十二月に入ると雨と靄の日々が続いた。マドレーヌ河畔の家でアルチュールは何日も部屋に閉じ籠っていた。何も考えることはできず頭は空白のままだった。かつてはこの部屋でどれほどたくさんの詩を書いたことだろう。記憶はあるがその時の感情のきらめきや高ぶり、頭の緊張や快さは全く思い出せない。

雨が止んで陽射しが差し込んできた日、彼はヴィタリーの部屋に入った。彼女は窓辺に立って外を見ていた。道を挟んでムーズ川が流れている。すっかり落葉してしまっている森の木々は僅かの陽に映えていた。空の青がムーズ川の流れにきらめいている。駄目だよ風邪をひくよ、と彼は彼女の手を取って座らせた。窓を閉めてもまだ外を見ている。

(だけど今日は本当にきれいですもの、ムーズ川が。このままお日様がいてくれたらいいのに。今年のクリスマスのミサには行けるかしら)

もう何年も教会へ足を向けたことはない。しかしヴィタリーの具合がよければその時は自分が抱いてでもミサに行こう。昔はよくヴィタリーを抱きあげたものだった。冬の寒い朝、よちよち歩きの彼女は寝巻のまま俺のベッドに飛び込んできたものだった。そして俺に抱かれるのが好きだった。暖めてやるとまた眠った。アルにいちゃん、アルにいちゃん、とまめらない口で何度もおれを呼んだ。

(去年はアルチュール兄さんのおかげでロンドンにもパリにも行ったし、大きな教会の礼拝も出来たし。ロンドンは素敵だったわ、駅はシャルルビルの何倍も大きくて百貨店のショウウインドウは綺麗だった。何も買えなかったけれど、本当は欲しいものがたくさんあったの、お母さんから叱られるから何も言いだせなかったけど。街の人はみんなおしゃれで。地下鉄も面白かった。あの時、疲れて帰りたい、と駄々をこねたけど、今はもう一度行きたいわ。今度はあの綺麗なレースを買いたいわ。夏は暑かったけど、あの時公園で食べたアイスクリームは美味しかった。もう一度食べたいわ。初めて見た海は綺麗だった。あんなに大きくて静かで晴れやかでいきなり世界中が薔薇色に燃え上がるような夜明けも。アルチュール兄さんに騙されていたわ。海はムーズ川を大きくしたもの、先は見えないけれど、ずっと流れていて夜も昼もたくさんの花が次から次に流れていると言ったでしょう)

翌日からヴィタリーは熱を出した。一週間も熱にうなされて死んだ。人形のような小さな美しい死に顔だった。組み合わされた指は蝋燭のように細く白く冷たかった。

アルチュールの慟哭は止まなかった。

アルチュール二十一歳、ヴィタリー十八歳と六カ月だった。」

一家が住んでいたランボー河畔のアパルトマンにはいくつかの部屋が展示されている。資料などは前にあるミュゼ・ランボーに展示されている。受付の女性に、どれが「酔いどれ船」を書いたアルチュールの部屋で、どれがヴィタリーが亡くなった部屋ですかと訊ねる。ムーズ川の見える二階の部屋がヴィタリーの部屋だ。僕はそこを訪れるとそこからムーズ川を見ることにしている。川べりの緑がいつも水面に煌めいている。

ヴィタリーの部屋。この部屋で死んだ

窓の外はムーズ川

13

最愛の妹の死　その後

最愛の妹ヴィタリーの死がアルチュールに与えた衝撃は計り知れない。見るもの聞くもの、歩くこと、息をすること、食事睡眠、すべてがまるで夢の中のように彼にとっては、現実ではなくなる。凶暴な虚無の嵐、いや凶暴を通り越した、静かな深い虚無の空気に纏われ、彼はもう何も考えることも感じることも出来ない。

俺は見者になった、老人たちを侮蔑し、張りぼての

ヴィタリー

偽の美を打ち砕き、真実の地獄を駆け巡り、やがて旅立ち鉄の肺を持って無国籍の巨人となって帰還するのだ。

かつてそう嘯いたのは誰だったか。それは何のためだったのか。そして得たものは何か。悲しみを通り越した無力感。彼を襲ったのはその脱力感だけではなかった。慟哭の後に彼を捉えたのは、錐が刺し込まれるかのような激しい頭痛だった。頭痛は髪のせいだ。

彼は美しい髪を切り落とし剃刀で丸坊主になる。葬式でも近所の人々は気味悪がる。母親は怒り心頭である。青白い丸坊主の美青年は不気味である。彼の「地獄の季節」の一行そのままだ。

> 不幸こそわが神であった。おれは泥の中に身を横たえた。……春が白痴のおぞましい笑いをおれに持ってきた。

宮沢賢治は二十六歳の時に最愛の妹とし子を失っている。

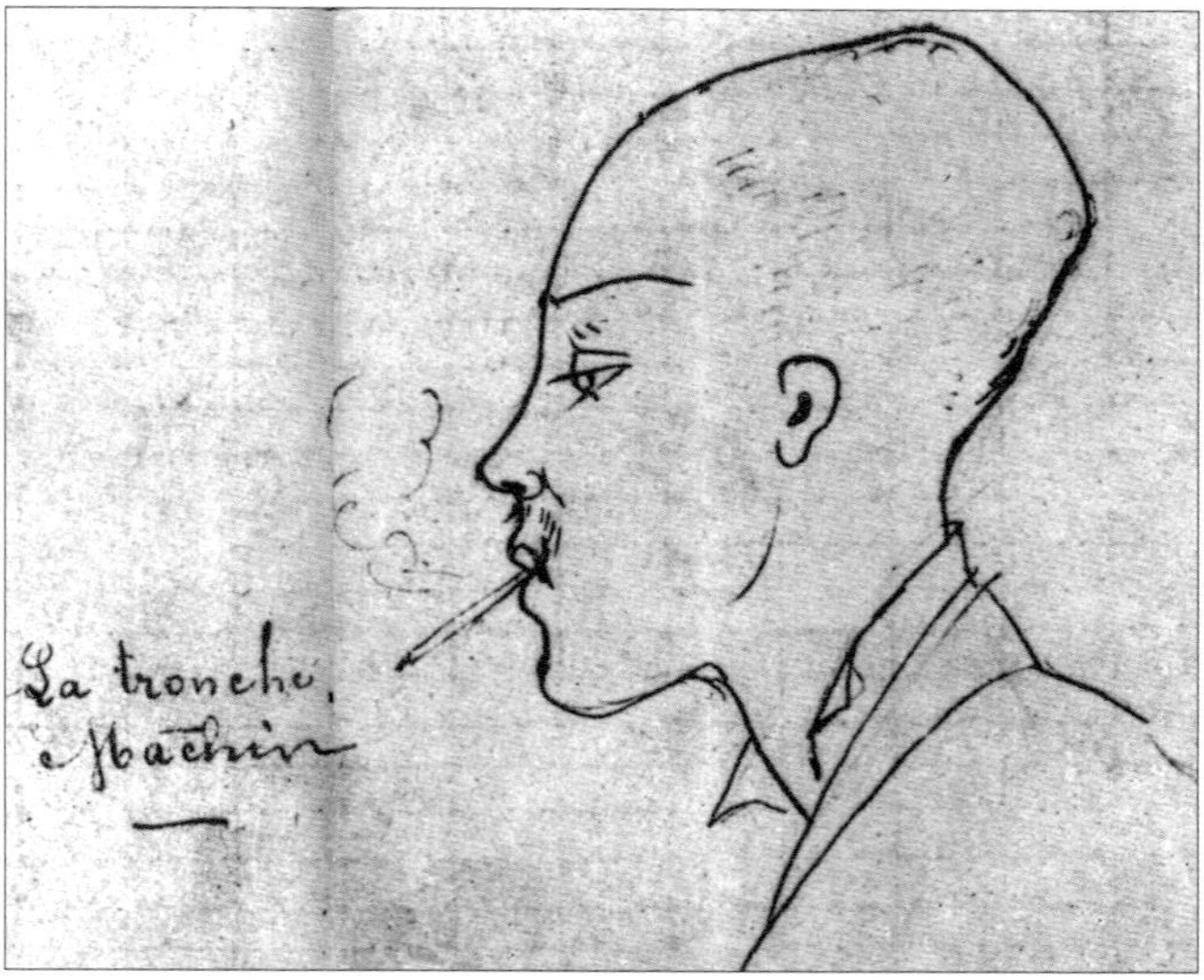

青白い丸坊主のアルチュール

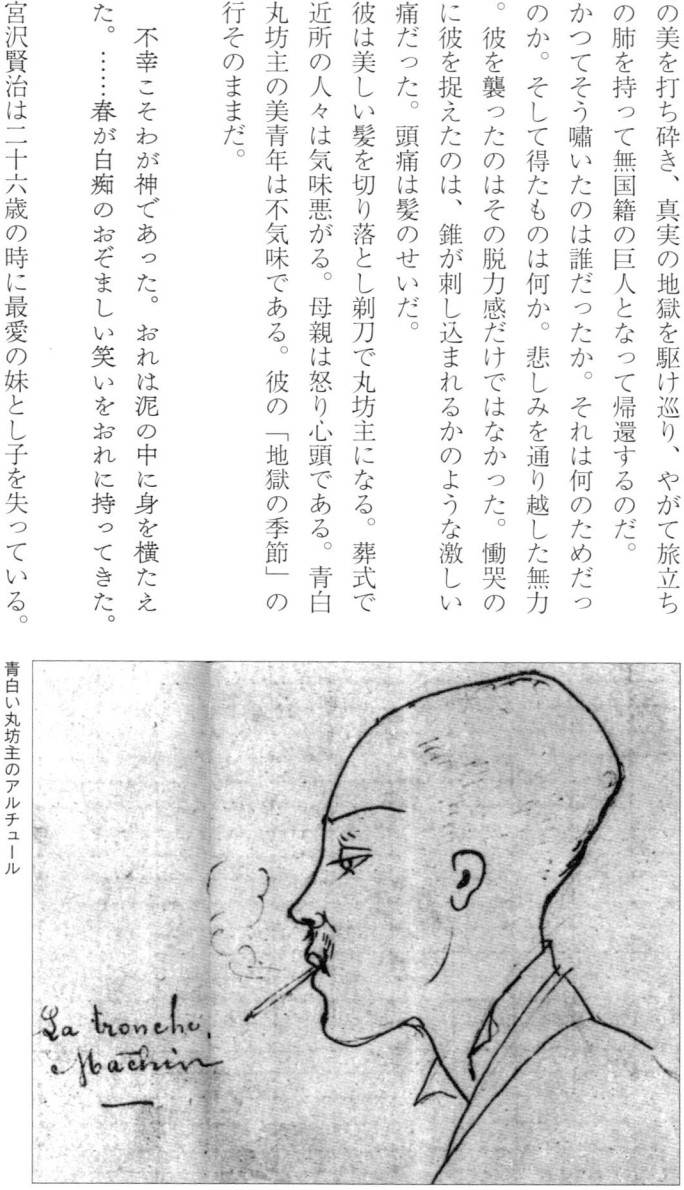

彼は何日も押し入れに籠って煩悶しながら、とし子とし子と泣いていた。
そして奇しくも彼が亡くなったのはアルチュールと同じ三十七歳である。同じ悲しみを味わっている。
「雨ニモ負ケズ……」という詩を僕は彼の絶望の唄だと思っている。世間一般で言うような品行方正を目指した唄では決してない。彼が死を感じ始めた時の日々の想いを描いたものだ。空しい日々を淡々と生きる、それがまさに生きることであるという、虚無の深い悲しみを描いている。僕の感想に賛成する友人は誰もいないが。

先に述べたランボー一家のシャルルビルの家の壁には一八七五年まで一家はここに住んだ、と書いてあるが、その後僕の調べでは一八七八年まで住んでいたようだ。一八七五年までだと、ヴィタリーが死んで葬式が終わった直後に引っ越したことになる。もうクリスマス正月はすぐ目の前であった。いつか係りの人に詳しく聞いてみなければならない。

年が明けると、彼は音楽に夢中になる。英語やドイツ語やアラビア語などの勉強とピアノの練習が彼の日課になる。冬の間中、家に閉じ籠ったままだ。

先生もいたらしいが、どんな曲を弾いていたか知りたい。が、どの本にも書いてない。ショパンだったろうか。資料に「カルパンチエ嬢のメソード」というのだけがあるが、どんな曲だろうか。もちろん、喜びの音楽ではないだろう。かといって、ただ悲しみに浸るだけの音楽でもないだろう。淡々とした音、メロディ、空虚の中を手探りで歩く拠り所、それは決して安らぎではないだろうし、それに無理やりに執着しようとする、むしろ自分の感覚を抹殺しようとする彼の気持ちを思うと僕はいたたまれなくなる。

音符のように飛び跳ねていた言葉はもうじっとしていた。打てば打つほど硬さと輝きを見せた言葉は霞の中へ消えた。頭の中は悲しみと無力感で、泡も立たない腐った沼のようだった。

アルチュールの好きだったピアノ

詩の意味は、色や匂いや言葉や音の組み合わせだ。彼には心魂をふり絞って、言葉を探し苦しみから喜びに至る過程に身を浸す余裕はもうない。言葉の美がなんだ。かつては頭の中で踊り飛び跳ねようとした言葉、韻、それはもう音だけでいい。ピアノの音だけでいい。彼はかつて韻を探して言葉を選んだ記憶は薄れた。一日中美しい単調な音のみに浸る。少しでも悲しみを忘れることが出来たのだろうか。

ある時、ポエジーのクラスのあと、ある女性が僕に言ったことがある。そんなに、韻が大事なの。ある程度フランス語の出来る女性だった。僕はあきれてものが言えなかった。瞬間に僕は答えることが出来なかったのが心残りだった。

この年、アルチュール・ランボーはいわゆる詩作というものをやめることを決心したのだと思う。一般的な詩を、である。しかしここからが本当の詩人ランボーの誕生である。すべてを見てしまった書かざる詩人の誕生である。真の詩人である。この僕の持論には異論もあるだろうが、僕自身の生涯のテーマである。

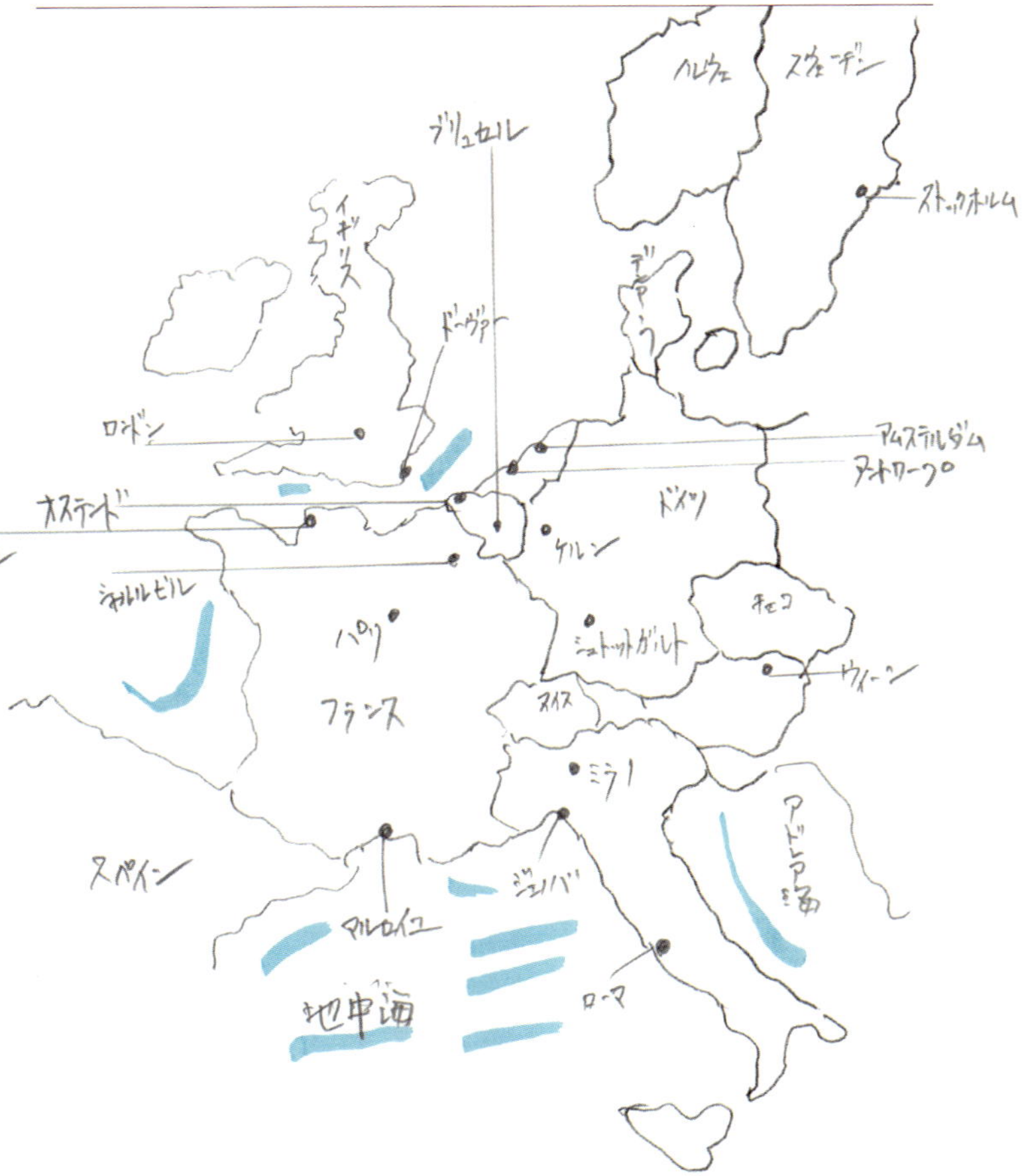

ランボーの足跡・ヨーロッパ
（著者作成）

14 本当の放浪の始まり

寒さが去り陽が昇りはじめると彼は辞書を閉じ、借りていたピアノを返し、両脚の進もうとする筋肉の震えを抑えきれなくなった。本当の放浪の始まりだ。古い医者がそれは一種の精神疾患だと結論づけた。とにかく歩き回る、移動する、動き回ることを自分では止めきれない、「彷徨える狼病」であると。

シャルルビルから遠くへ、さらに遠くへ。彼は何かから逃げるために流離《さすら》うのか、それとも何かを求めて未知へ足を踏み入れるのか。いや、何もない。虚しいだけだ。悲しみはもう思い出さない。虚しい空気の中を漂うだけのような日々。

美しい都ウイーンを目指す。目的はない。ヨーロッパで一番美しいといわれるその街は帝国の花だ。しかし彼は芸術の真の美を求めて来たわけではない。観光目的でもない。そこで彼は何をしようとしたのか。空白の心を何かで埋めようとしたのか。誰も知る由がない。

しかし彼がそこで味わうのは、虚しさをさらに泥靴で踏みにじられるような屈辱だ。辻馬車で眠りこけた彼は御者に現金や外套など身ぐるみ剝がされてしまう。格闘はするが、屈強の中年男に二十二歳とはいえ戦いの経験もないランボーが勝てるわけはない。組み敷かれ雨の舗道に顔を押さえつけられて土の匂いを嗅ぐ。逆らっても懇願しても泣いても虚しいだけだ。歴史と伝統に古色蒼然と飾られた美しい街は、ただ彼の悲しみを冷ややかに見下ろしているだけだ。そしてとぼとぼと徒歩で故郷シャルルビルへ戻って行く彼を。

僕は一度だけウイーンを訪れたことがある。宮殿やオペラ座や劇場、音楽やワイン、この豪華な世界は人間のあらゆる欲望を余すところなく吸収してくれる街だった。究極の美である頽廃の円熟の香りが、もうその頃から片鱗を見せていたのだ。美の復讐だったのか。ランボーはもはや立ち上がれないほどの屈辱と哀しみをそこで味わったのだ。かつてパリ・コミューンの兵士の時に、猥雑な兵士に凌辱されて味わった屈辱以上の屈辱が、彼の最後の感覚を泥まみれにして踏みにじる。街中を観光しながら、石の舗道を靴底に味わいながら一時も僕はそのことを忘れることが出来なかった。

どこでもいい。感情を思い出を捨て去るところへ。ただ肉体を酷使し、ただ疲れ果てて眠るだけの日々へ。自分の肉体だけを見て信じて、筋肉を鼓動を内臓を確認して、その上を時間だけが流れて行くのを感じるだけの世界へ。それは無気力、惨めさというものではなくむしろ一種の力強さというべきものではないか。

彼はオランダ外人部隊へ入隊する。興味深い資料がある。入隊面接の記録だ。

顔、卵型、額、鼻、普通、眼、青。顎、丸い。毛髪、眉、栗色。身長百七十七センチ。特徴、なし。

彼の緊張した入隊の面接風景が浮かぶ。

船が出る。特別手当でひと財産はある。総勢二百名が向かうのは東洋の果てのジャングルだ。不思議な木々や不気味な獣、そして人食い巨花の密集するジャングルの先の闇である。現実の闇だ。現実の無だ。闇がかろうじて彼の空虚を埋める。

だが彼は脱走する。蒸し暑いジャングルの中を何十日も彷徨う。出口はあるのか。獣や毒蛇や毒虫から身を守らねばならない。底なし沼に気をつけねば。どこへ向かおうとしているのか。また怠惰な平穏の中へか。何から逃げようとしているのか。そしてなぜ自分はまたこうして生きようとしているのか。生きねばならないのか。ただこの肉体の生への執着のために生きるのか。頭は、口は、もう言葉は忘れてしまった。それらに何の意味があるのか。力の限りもがく。ふと、ヴィタリーの死に顔が浮かぶ。まだ虚しさを耐え続ける努力をしなければならないのか。ただ闇の中で孤独と恐怖に耐えなければならない。それは虚しさを忘れさせる。悲しみを忘れさせる。

前に述べたフランス語の授業のあと、エレーヌ先生が僕にランボーのジャヴァの外人部隊のことを知っているかと聞いた。その数日前、フランスに住んでいる内田さんという先輩がたまたま帰国していて会うことがあった。二〇一三年頃だったたか。彼は四十年間ヨーロッパに住んでいて、最初は化学者として、現在は弁理士として仕事をしていない。僕の尊敬している人物の一人だ。彼は僕に新聞の切り抜きをくれた。記事ははっきりとは読めないが、写真付きだ。彼の宿舎や兵舎の写真。インドネシアのフランス大使館が一九九七年にはりつけたプレートには、「詩人アルチュール・ランボーがここに滞在した」と書いてある。

　このジャーナリストを尊敬する。最初はアメリカ人と思っていたが、違うかもしれない。滅多にない貴重な資料で、僕の大切な財産の一つである。そのころのランボーの手紙を探してみると、しばらく後の一行に、自分はジャヴァに行った、というのがあるだけだ。

「ジャヴァへのミステリューな逃亡」「このジャヴァへの逃亡に彼は沈黙のままだ」記事の頭に描かれている。

　一八七六年の八月の約一カ月間のことだ。

　生きること。それはもう喜びでも悲しみでも希望でもない。地獄の業火は夕方の靄に消えた。雑踏と喧噪のなかに消えた。怠惰は嫌悪すべきものではなくなった。何もすることのない夕暮れのもの憂さは安らぎだ

オランダの外人部隊でジャワに駐屯中、すぐに脱走。手紙にも、そのことが記されている。

った。虚しい日々という言葉は美しい響きになった。退屈な意味のない日々は小川のように彼の足元を流れた。彼はそこを裸足で確実に力強く歩いた。

彼の顔は日焼けとともに痩せていった。栗色の髪は短く刈られた。かつての深い青い瞳は時には鋼鉄のように灰色に光った。もう物を奥深く見る必要はなかった。ただ写せばよかった。それですべてを理解することが出来た。声は低く地鳴りのように響いた。彼は鼻髭を生やした。

彼はその後も一八七九年までヨーロッパ中を放浪する。マルセイユなど国内は勿論、アイルランド、ケルン、ブレーメン、ハンブルグ、ストックホルム、コペンハーゲン、ローマ、ジェノヴァ、そしてアレキサンドリア、キプロスまで足を延ばす。

ジェノヴァへの道で、スイスの山を越える時には深い雪に見舞われ死にかける。ちょうどその頃、五歳で別れたままの退役軍人の父フレデリック・ランボーが亡くなったようだ。母のヴィタリーはシャルルビルから遠く離れた町へでかけ、淡々と死後の処理をする。二十年近く離れていても離婚はしていない。

アレキサンドリア行きの船中で発熱、下船。マルセイユで発熱、帰郷。石切り場の監督として働いていたキプロスでは腸チフスに罹ったり。その都度シャルルビルに帰還する。

帰って来るたび、彼は数少ない昔の友人たちとビールのジョッキを傾ける。懐かしいままのデュカール広場のカフェ・デュテルムだ。

この一八七八年、一家は、シャルルビルを引き払い帰還先はロッシュ村に変わる。

アメリカの海軍にも志願するが許可は出ない。

この放浪の日々で僕にもう一つ興味を抱かせるのは、ハンブルグの新聞広告で見つけた巡回曲馬団、サーカス団への就職だ。ロワセ曲芸団という、スカンジナヴィアへの巡業の途中だった。一応会計検査係ということだったらしいが、外人部隊と同様に彼の一面の性格がうかがえる気もする。サーカス団の日々の生活を想像すると楽しい。騎手や手品師やピエロや力持ち、賄婦や下働きの女たち、彼らとどんな話をしていたのか。興行と練習のほかの時間は、酒と食欲と性欲しかない日々だったのではないか。「白痴の少女のおぞましい笑い……。」中にはそういう少女などもいただろう。地獄の季節の一節がまた蘇る。彼はその日々を楽しんだのか、それともまだ哀しみから抜け出せないもぬけの殻の体のまま浮遊していたのだろうか。まだ二十三歳の青年であるけれど。

一九四八年の十月一日号、「ル・モンド」に「アルチュール・ランボーとサーカス団」という記事が載っているらしい。ジャヴァの外人部隊の記事のような、ランバルジャンの気を惹く記事だったろう。いつか目にする日が来れば嬉しい。まだ世界大戦が終わって三年ほどなのに「ランボーとサーカス」などという記事は、フランス人でも驚いたのではなかろうか。

そう思っていたところ、これのコピーを最近手に入れた。

一八八〇年三月ランボー二十五歳、暖かくなると彼は太陽を求めて南をめざし旅立つ。ある春まだき朝のことだ。家族にも何も告げずでかける。出発はいつもそうだった。しかしこれが死ぬ間際までその土を踏まなかったヨーロッパの故郷の最後の日だということを、彼は知る由もなかった。しかもその時は片脚だけになっているのだ。

余談だが、ちょうどこの頃イギリスから帰ったヴェルレーヌが、ロッシュ村から二キロほど離れたジェニヴィルというところで農家

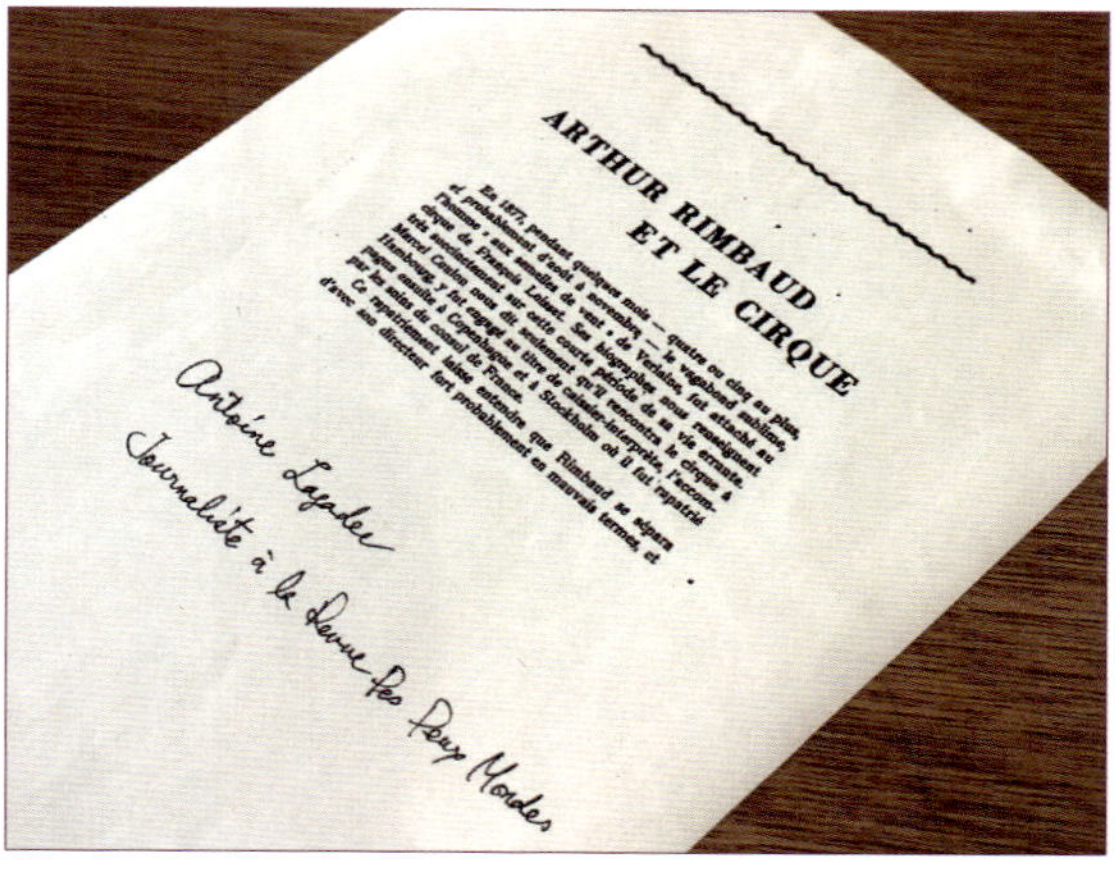

ランボーとサーカス（記者：アントニー・ラガディ、出典：ジャーナリスト・レヴュ・ド・ドゥ・モンド）

を買って住んでいた。イギリスでの教え子「彼は改心して教職についていた」の美少年、レチノアが一緒だった。

簡素な平屋の一軒家だ。オウベルジュ・デユ・ヴェルレーヌとなっていて、内部は彼が生活していた当時そのままになっているらしい。食器やテーブルや寝室や居間。僕が訪れた時は休館日で残念だった。周りは麦畑が広がっている。写真だけ撮って先を急ぐしかなかった。

僕の小説『ロッシュ村幻影』から最後の出発の描写を引用する。その姿は悲しみと力強さに満ちて、この上なく彼がいとしくなる。

「俺は身を焼き焦がすために行く。昨年はキプロスの海の彼方に灼熱のアラビアを垣間見た。砂漠と岩山の果ての未知の都。しかし俺は探検家になるのではない。ならば何のためにだ。何の意味もない栄光の為に。無為という武器を携えて俺は歩く。いや、無為というものに彩を添えるため。俺はどれだけの長い時間でもじっと座ったまま耐えることが出来る。自分の声を殺して静かにしていることが出来る。無為を力強く強固なものに育て上げ、それを己自身の糧とするために」

彼の再出発はこの光に満ちた虚空に向かってだった。虚無を栄養にして彼は生き続ける。たとえ光が闇に変わっても、そこに彼は存在する。優しい命はないが、確たる存在だけがある。感情を通り越した悲しみの存在。もう自分を見つめることも語ることもない。ただの存在。これ以上の美しい詩はあるだろうか。

15 灼光の闇

二〇一七年十一月二十四日、僕は多磨霊園の三島由紀夫の墓参りをした。翌日は「憂国忌」を迎える。ここ数年は福岡では街中でも「憂国忌」のポスターを見ない。数年前まで電柱に張られたポスターをこっそり剝ぎ取り持って帰って書斎に隠していたのだが、それももうない。一九七〇年の衝撃の事件を今の若者たちはもう知らないのではないか。それは僕が東京のサラリーマンを辞めて失意のうちに帰郷したその秋のことだった。もう四十七年も前のことだ。

「憂国忌」が墓前で行われるのかどうか知らない。もうやっていないのかもしれないが、墓はきれいに掃除されて花束がいくつも供えられている。秋空に薔薇の真紅が冴えている。墓地は春になると満開の桜で華やかな彩に満ちるだろう。

平岡家の墓誌には幼い由紀夫を独り占めにしたという、よく本で見る祖母や祖父や家族が順番に記されている。平岡公威はペンネームの三島由紀夫として刻まれている。最後は夫人だ。成人した二人の子供はどうしているのだろう。

そして目を引くのが昭和二十年、一九四五年に記された妹の美津子の名前である。由紀夫が可愛がっていた妹、享年十七歳。戦後すぐの勤労奉仕の最中に生水を飲んで腸チフスに罹り命を落とした。可憐で活発で誰からも慕われていた妹の死に由紀夫はただ慟哭でしか対応できなかった。この時から、彼にとっては大切なものは死の思い出の中にしかなくなった。妹の可憐な笑い顔は虚無の中しか存在しなくなった。

終戦の世の中の空気が解放されて行き、自由が訪れたとし

平岡美津子（1928～1945）
三島由紀夫（1925～1970）

ても、それらは彼にとっては虚空を吹き抜ける秋の風に過ぎない。三島由紀夫のその後の作品に出てくるヒロインや、彼の女性観に影響を与えたことは違いないがそれはまた別の機会に記す。

僕はここで妹ヴィタリーを失ったアルチュール・ランボーを思い出す。彼らは同じ二十歳である。また妹とし子を失った宮沢賢治を思い出す。悲しみの極限は美である。「ただ美しくて心を喜ばす美ではなく」強固な虚無の結晶だ。三島はその結晶を見事に詩と美の金剛石に凝縮させた。自らの身をもって成し遂げた。

宮沢賢治は優しいただの童話作家ではない。法華経にすがりながら、女体も知らず日々の雑事に埋もれ悶々として生きた。雨ニモ負けず、こつこつとその結晶を抱えながら虚しい時間を送るのだ。それも一つの美の印である。

彼らは不条理を知ってしまって一生をかけてもがき苦しむのだ。ランボーはこの時から詩を書くことをやめ、書かざる詩人になった。己を闇に閉じ込め己自身の苦悩を体で表現した偉大な詩人になった。身を焼き焦がし灰の中から立ち上がった彼の存在そのものが詩である。

宮澤トシ（1898〜1922）

彼らが蹲る深い闇は灼光になって現代のわれわれを襲う。

ヴィタリー・ランボー　一八五八年　誕生
宮澤トシ　　　　　　　一八九八年　誕生
平岡美津子　　　　　　一九二八年　誕生

ちょうど、四十年後、三十年後の誕生になっている。

16 商人ランボーの誕生

一八八〇年の春に故郷を出た二十五歳の彼は、前に滞在したことのあるキプロスに着く。灼熱と紺碧の海と空に輝くキプロスの大理石切り場やアデンの荒れた岩山に、彼は自分自身を虚無へ投げ込む決意を新たにする。それは意識してではない、もう身体に浸み込んでいるのだ。

彼にとっての生は無であり存在は悲しみでしかない。悲しみへの疑問は怒りでしか戻ってこない。キプロスでの彼の生活についてある話が残っている。真実かどうか定

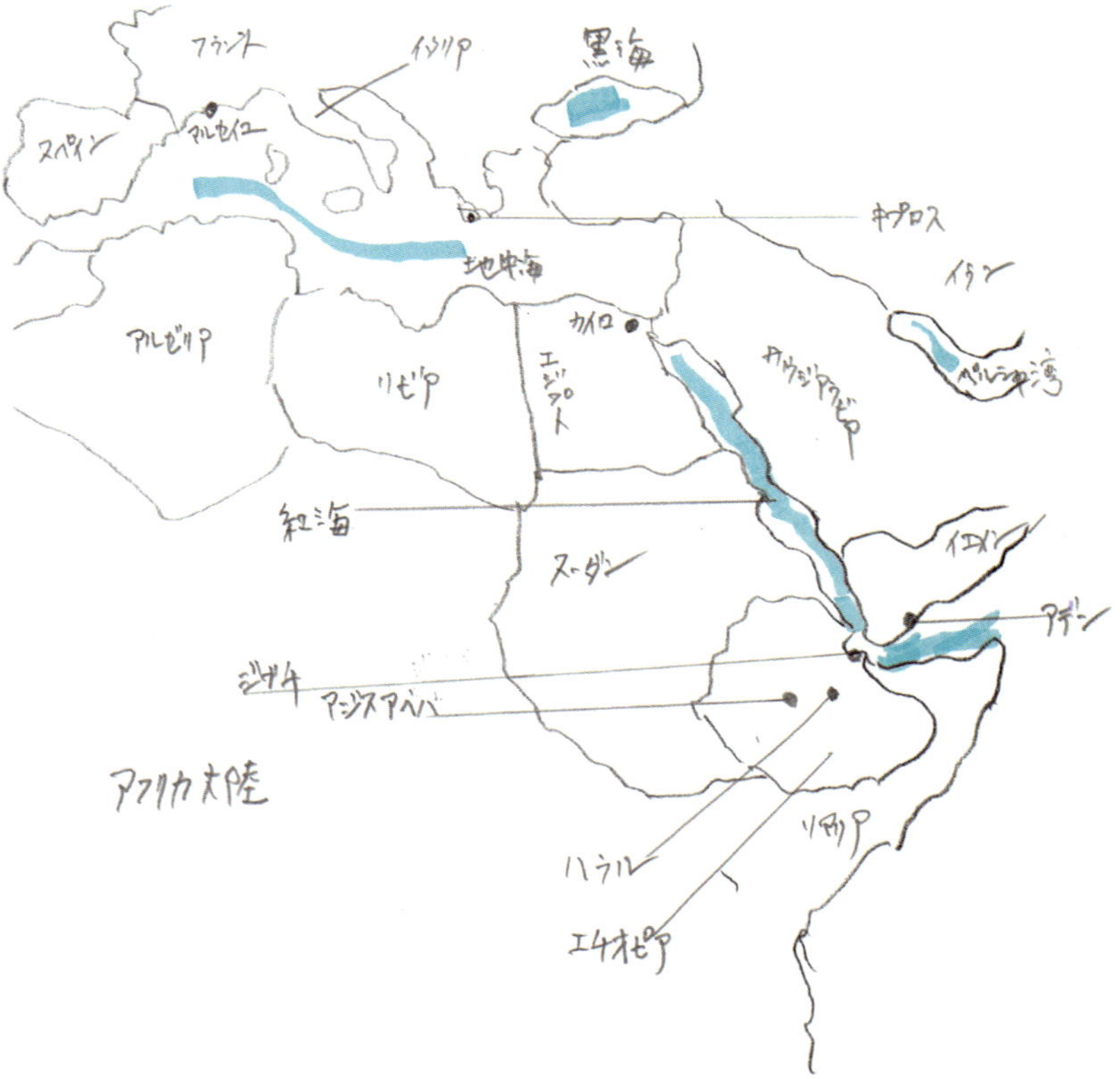

ランボーの足跡・アフリカ
（著者作成）

かではない。

石切り場で仕事上の諍いで、怒りにまかせて一人の工人の頭に石を投げつけて殺してしまった、ということである。彼は本当に怒ったのだ、虚しい怒りで。その後彼は逃げるようにアデンへそしてアフリカへ渡る。もう故郷は遠くなった。瀕死の彼がフランスへ戻るのはそれから十一年後だ。

アデン

アフリカの入口、ジブチ

一八八〇年八月彼はアデンのバルディ商会に就職する。二十六歳の青年の髪がすでに灰色だったのが印象に残った。しかし気力はあり仕事をする肚も固まっていたのですぐに採用した、と会社の上司は語っている。

最初に彼に任された仕事は珈琲工場の監視人だったが、アビシニアのハラルに支店を置くことになるとそれを任される。たびたびアフリカへ出張する。珈琲、なめし皮、象牙などの取引は忙しい。彼の仕事ぶりは手際よい。彼は何度も故郷へ手紙を書く。給料のこととか、冶金、水力学、石工事、皮なめし繊維学などの本を送れとか。これから再びフランスへ戻るまでの手紙はそうとうに数が多い。この数多い手紙についての様々な意見が今日に至るまで交わされている。凡人ランボーの出発、文学とは全く無縁の生活云々……。

この闇の十一年間の世界の彼の悶々とした生活は、何度でも言うが極限の詩である。その平凡な文章に表されている日々はいかなる文学よりも美しい。僕には彼の姿が詩の権化に見える。そしていとおしい。

二〇一〇年四月、フランスの文学好きに驚きのニュースが入った。アデンのランボーの写真が見つかったというのだ。二年前、パリの二人の若者の古物商がブロカント

「高級骨董市」で一枚の写真を見つけた。二年にわたる検証の結果三十代のランボーの一八八〇年の写真だという。数人がホテルのベランダで写っている。その一人が彼である。よくみると彼はやや不安そうな表情をしている。ホテルの名前は「ユニヴェール」。奇しくも少年の彼が、シャルルビルでパリへ行く汽車を見つめコーヒーを飲んでいた駅前のホテルのカフェ、傷つき萎れて故郷へ戻った時にひと休みしたカフェがやはり「ユニヴェール」だ。僕も何度もシャルルビルのこのカフェを訪れた。気のいい親父がギャルソンだった。

今まではバナナ畑を背景にした彼自身で撮った写真があるだけだ。白い服を着て痩せこけた色の黒いランボーが立っている。多くのランバルジャンはこの新しい写真を見て様々な想像をして楽しんだことだろう。

本書は僕自身が歩いて彼の面影をたどった記録である。だが残念ながら、アデン、アビシニア「エチオピア」のハラルにはまだ足を踏み入れていない。いまだそこへ到達していない僕を冷ややかに見る友人もいるが残念だがまだである。

そこで一筆申し上げるのも気が引けるが、僕の意見はちょっと違う。専門家から無視されるだろうが、この新しい写真はランボーではないと思う。なぜなら、一八八〇

右から二番目がランボーといわれたが……

上記はランボーの写真と発表されたがそうではないのではないか、とル・モンド紙には書かれている

年に彼はまだ二十五歳から二十六歳になったばかりである。この写真は老けすぎている。どう見ても三十過ぎの男の顔だ。一八八〇年と言い切らずに、八十年代と言えば少しは納得できないわけではない。また彼の髪は灰色になっていたという記録もある。しかしこの写真のニュースが定番になっていた。

それから六年後の二〇一六年、ル・モンドがまた衝撃のニュースを流した。僕の声が届いたのかどうかはわからないが。タイトルは「ランボーが頭を失った」この写真は別人ではないかという記事だ。一六五ページでも触れた内田さんからフランスのお土産にもらったもので右ページに掲載。どの話が真実かわからない。ある作曲家でイニシアルがA・Rというらしい。

どの話もわくわくする。

今回の旅でマルセイユで会った専門家ビアンヴニュに聞くとやはりこれはランボーではない、ということだった。

彼は五年間働いた商会を辞めると、その代理店として独立して単身アビシニアのハラルへ渡る。また新しい出発だ。

ハラルは標高一七〇〇メートルの高原の頂に横たわり、七世紀につくられたイスラムの聖地である。十六世紀に高さ四メートルの城壁で四キロにわたって街が築かれてからエチオピアの文化商業の中心になった。ヨーロッパとの交易の中心であり、そこに三万人余りがひしめいている。五つの城門と百余りのモスクとキリスト教の教会がある。気候は雨季を省けば陽は強いが爽やかで寒暖の差もひどくない。二〇〇六年に世界遺産に登録された。

家族への手紙が多くを語っている。最初の頃は「気候は涼しく、体に悪いようなことはありません。居心地は悪くありません」と書いている。しかしだんだん馴染めなくなっていく。「僕はいとも退屈な無駄な生活をしています。金を貯めたらすぐに出て行きます」

ハラルは実際汚い街だった。悪臭が漂い横町には物乞い、病人がたむろしていた。夜は城門が閉じられ外

ハラルの遠景。高原の城壁の町

出は禁止だった。腐肉や汚物の切れ端が至る所に散乱し、野犬とハイエナがそれを奪い合っていた。軍隊がしばしば駐留したが、彼らが去ったあとは街中に糞尿と悪臭が溢れた。時折の雨がそれらを流し去るまでそのままだ。物乞いをしながら死んでいく老人は翌朝にはハイエナや禿鷹にむさぼられた残骸になって残る。食い物を探してそこいらじゅうを漁る痩せこけた子供たち、覚醒葉を嚙みながら仕事もせずに白人を見ると金銭を掠めようとする現地人。それでも定期的に催される市場は賑やかで華やかである。

夜、娼婦たちの嬌声や男たちの笑い声が途絶えると、それでもコーランの祈りの声とともに静かな闇が訪れる。

家族への多くの手紙が残っている。

「ここの気候ではありとあらゆる病気に対して油断がなりません」

「僕はもううんざりしています。知的な仕事もなく、黒んぼの中で暮らすなんて惨めなばかりです」

「フランスへ戻って結婚してゆっくり暮らしてもいいとも思います」

当時のハラル市内

ランボーが売った銃を持つ兵士

岩の上のランボー

ランボーの事務所兼住宅

テラスのランボー

現在のハラル市内

「ランボーハウス」という家だが彼は住んでいない

しかしいつまでも愚痴ばかりこぼしていても仕方がない。彼はくじけてはいない、着実に目の前の仕事をこなし稼いでいく。周辺の土地や村を回り商売もする。探検家としてフランス地理学会に寄稿しそれで名を売ろうともする。

そのころフランスではヴェルレーヌが『呪われた詩人たち』という詩評論本を出版する。一八八四年。そこに書かれたランボーとは誰だ、あの彗星のように出現して、醜聞とともに消えていったあのランボーか、と話題が噴出している。居場所もわからない謎の詩人として名声を博しているがランボーはまったく知らない。

一八八五年、彼は三十一歳になった。フランスを去ってもう五年が過ぎた。日常の小さな仕事をいくら積み重ねても面白くない。一攫千金に挑戦する時期が来た。数々の煩雑な手続きや困難な準備にほぼ一年をかけて彼は隊商を組む。数人の現地使用人だけで、出発する。頼りになるのは自分だけだ。目指すは、アビシニアで一番勢力を持っていた地方王のメネリクへ二千余りの銃と弾丸六万発を売ることだ。

半年をかけた隊商の旅は終わるが、彼は商売にかけてはまだ若い。老練のメネリク王に騙され仕方なく取引を妥協するが、全くの赤字でも受け入れるしかない。屈辱と徒労と失望に苛まれてアデンに戻る彼はもう三十三歳になっている。過労気味どころか、体はもうぼろぼろだ。腰、肩、足のリューマチに悩んでいる。
彼が心と身体を削って得ようとしたものはただ金だけではない。表面は金の亡者めいているが、彼は僕にとっては詩であり絵画である。なのにまだこの時期の彼のアフリカの足跡をたどっていない自分を恥ずかしく申し訳なく思う。彼の伝記の半分フィクションの僕の小説『ロッシュ村幻影』でその頃をこう書いた。

「何日も荒れ地と砂漠を歩き続けたこともあった。疲れ果てて最後に力つきる時、めくるめく太陽の下で激しい酩酊が訪れると聞いている。それが勇気を奮い起こしてくれる。また少し涼しくなった夕方の砂漠を何時間も歩く駱駝の背中で過ごしたこともあった。その退屈な時間は夢うつつで心地よいものだった。遊牧民が襲って来ることもある、荒れ地の岩陰からライオンが襲って来ることもある、と聞いてはいたが旅には次第に緊張感はなくなっていった。同じ砂漠を同じ荒れ地を何度乗り越えてきたことだろう。同じ太陽、同じ風景、同じ風。のろい動作の使用人たちの光のない目付き、同じ顔。商売は少しずつ広がるがそれとても膨大な無為の時間の中のちょっとした変化に過ぎない。彼はまた多くの死体を見た。捨てられたそれらは腐乱する前にハイエナにむさぼられ禿鷹についばまれ、残りは灼熱に干からびて土埃になって飛んでいった。それも物憂い蜃気楼の中の揺らぎにすぎなかった。そして消えてゆきそうな一つ一つはもう思い出せない。

いつの間にか彼は三十歳の半ばを過ぎていた。国へ帰ろうという気持ちは起こらなかった。故郷は枯れた麦畑と惨めな冬の風と貧弱な村人しか浮かばなかった。あんな所にはもう住めない。だがさらなる未知への放浪の欲求はいつの間にか消えていた。今までは動くことと旅することを休止すると、体の底から突き上げて来る不安に責めさいなまれた。じっとしていると足元がずるずると砂の底に吸い込まれそうだった。しかし今は決まった行程の決まった時間が不安を取り除いてくれた。安定した倦怠の時間と空間だった。ソマリアの砂漠を過ぎてゼイラーの港に着き荷を下ろす。茫洋とした茶褐色の紅海を見下ろす。黒い鳥の群れが雲のように空を急速に流れていく。紺碧の海ははるか遠くに虚しく輝いているだろう。その先はアデン、そしてマルセイユだ。

友人たち

新しい荷を積むと隊商は向きを変える。海の向こうを思い出したことはもう忘れる。そして帰るところはハラルだ。三百キロの旅は同じ道を反対の太陽と向きの違う風を受けて帰るだけだ。砂嵐に見舞われる。太陽が黄色にぼやけて消えてゆく。渇きと疲れが心地よい。砂嵐が去ると、現れてくるのは汚泥のハラルの静かな闇だった。そこだけが帰るべきところだった」

商売の揉めごとの仲裁や、国同士や政治の駆け引きの政争、住民たちとの諍いの始末、などランボーのその後は忙しい。うんざりしながら愚痴をこぼしながら家族に手紙を書き、また商売にのめりこむ。沿岸地方と内陸の中継地であるハラルは重要な地点である。委託販売人、問屋兼仲買人、立派な商社の社長である。絹、綿布、珈琲，ゴム，麝香香料、象牙、動物の皮、などの輸出。金物や工具、ガラス製品などの輸入。また政治や経済や地理学や宗教で訪れてくる西洋人は彼の下を訪ねる。教会の慈善団体から頼まれると手伝う。新参のヨーロッパ人の様々な相談にものってやる。家に泊めることもある。隣人や住民に困ったことがあれば優しく決して拒まない。税金の指導もする。贅沢はしない。寡黙な彼は黙っている。ただ静かな立ち居振る舞いの代わりに彼が怒るとどれほど激しいか誰もが知っている。修行僧のようでもある。白髪が増えて痩せて落ちくぼんだ眼は灰色で深い。ポケットから炒った栗を齧りながら歩くのが癖だ。それが夕食でもある。

いつの間にかこの地にランボーありという一流の地位を占めることになる。時折、知性のある人物との交流もある。お互いにいい時間を過ごし記憶に残している。金も貯まる。次第に苦痛が増えてくる病気に悩まされるが安定した三年間である。

しばらく一緒に過ごした女性もいる。名前はマリアムという目鼻立ちのくっきりした黒い貴婦人ともいうべき綺麗な女性だ。しかし彼はある時冷たく彼女を追い出してしまう。

その後は大体において彼は孤独だ。召使のジャミ以外は私生活に誰も入れない。夜の闇に蹲って何もすることはない。音楽好きの彼は手製のギターを弾く。ピアノはない。窓からの満天の星に爪弾く音は哀しい。懐かしく思い出す物もない。後悔はない。希望？　何を望むことなどあろう。慣れ親しんだ闇が今日も静かに訪れる。時折遠くから厭わしいハイエナの声が聞こえてくるがそれにも慣れてしまった。それから手紙を書く。

二十世紀になってある愚かな女性評論家が、ランボーがこの時期に奴隷商人をしていたと発表したこともある。一応検証はされたが一笑に付された。

ランボーの恋人マリアム

一八九〇年、彼の居場所を見つけたマルセイユの文芸雑誌から「敬愛する詩人様」と呼びかけて詩の寄稿を依頼してくるが、彼は黙殺する。

ある時僕はパリの本屋で『ランボーの手紙全集』を手に入れた。数百通ある。フランス人には珍しくないのかも知れないが僕の宝物になった。金子光春の訳の日本語版は持っている。少年時代から最後までの手紙。アフリカからは家族へのものがほとんどだ。平易な文章。愚痴や泣き言、甘え、物資の調達の依頼、など彼の日常の姿がうかがえる。彼が手紙を書いている姿がすぐ目の前に現れてくる。僕へ呼びかけている錯覚に陥る。僕は思わず声を出して答える。ふと気がつくと涙が僕の頬を流れている。

僕は小説『ロッシュ村幻影』で次のように書いた。

「アフリカからの数多くの手紙は最高の文学である。地の果ての薄暗い灯の下で長い手紙を書く。届かないかもしれない手紙。怒り悲しみ愚痴。しかしもう彼は決して不安を覚えない。すべてを見てしまった彼は淡々とそれに立ち向かう。自分の存在が日々の一秒一秒を過ごしているように。これらの乾いた文章は人間の存在の哀しみを表している。ざらざらした現実。存在する以外にありようがないのだ。与えられたその存在に反抗することはできない。愚劣な存在。怒りをぶつけるにはあまりに悲しい。解放されることを望んでも不条理がそれを許すものか。日々生きることがただ反抗だ。彼の手紙には少年時代のような原色の風景や季節や音はない。だが彼は詩を捨てたのではない。今彼は詩そのものを生きている。彼の存在そのものが最高峰の詩だ。死の床で書いた、象牙一本。象牙二本。象牙三本。これほど美しい言葉はない。張りつめた琴線の静けさ」

一八九一年、以前から調子が悪かったがそのままにしていた右脚の静脈が腫れ、歩けなくなる。翌月苦痛が頂点に達し、耐えられなくなる。

熱にうなされる。ラグビーボウルほどに腫れ上がった脚は完全に硬直。三月ランボーは帰国を決心する。ランボー三十六歳。フランスを同じ三月に去ってから十一年が経っていた。

17 死への旅立ち

すべてを精算してフランスへ帰り結婚しようかなど、不可能と思いながらふと考えたりした。マルセイユの文芸誌「ラ・フランス・モデルヌ」から、「デカダン及びサンボリスト一派の巨匠、ランボー殿……」と呼びかけられて原稿を依頼された手紙を彼は無視したものの破り捨てなかった。すべての終わりの始まりと無意識の内に感じていたのだろうか。

「刻一刻と白髪が増えていきます」母と妹への手紙の一行である。

一八九一年が明けると、ついに彼は病気を家族に告げる。静脈瘤の治療について母親から忠告が届くが、彼の苦痛はもう限界に近い。

僕はただちょっと、風に当てられただけだと思って……。膝の痛みは一足ごとにわき腹に釘が突き刺されるようで……。不具者同然になって歩き回るのが辛くなって痛みがくるぶしや腰にまで……。食欲が減って執拗な不眠症……。体を水平にしておくしかない、金庫や書類の中に寝台を置き……

と、苦痛にゆがんだ顔が目に浮かびそうだ。

関節は硬直し脛と腿の上部は枯れ木のように細くなり、ひざに石のような硬い球が出来た時、体力は急速に落ち、気力も衰えた。

最初は関節水腫だがリューマチが悪化し骨膜炎となり腫瘍となり、ついにそれが癌腫となった、というのが病名だ。

食事の世話や雑用をすべて任せているジャミという青年がずっと付き添ってくれているのが救いだった。少年の頃から傍にいてくれ、時々ふざけて彼を笑わせたりする可愛い少年だった。最近は用心棒にもなってくれていた。心配して家に帰らず、ランボーの事務所で寝ている。ランボーが夜中に苦痛でうなるとすぐに飛んでくる。

仕事の貸借も取引も利益もすべて損のままに精算したのは三月の末だった。

アフリカの最後の日々だ。これまでの十一年間は彼の予言通りの「地獄」であったか、それとも真実の詩の世界であったか。なぜそこに十一年間も留まらねばならなかったのか。彼は自分に何をどう問うたのか。

彼は自分の手で図面を引き担架を作らせる。十六人の人足を雇いゼイラ港まで運ばせることにした。

四月七日ハラルを出発。たくさんの友人、隣人に見送られてハラルの城門を出る。彼の傍で長年仕えてくれた、忠実な青年ジャミは泣きながらどこまでもついてくる。もう帰れ、と言いながらそれでも彼自身にも未練が残っている。三百キロの行程である。疲労した

担架のランボー。ミュゼ・ランボーより

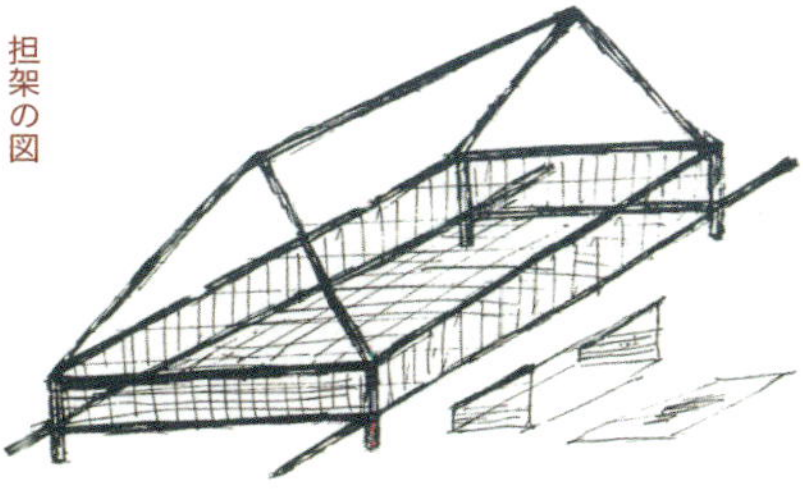

担架の図

人足のよろめきで何度も落ちかかる。横たわったまま用を足す。野宿はさらに辛い。三十時間も食を断たれ、十六時間も雨に打たれたまま横たわっていなければならないこともあった。今まで培ってきた絶望と闘う気力と知恵と体力をすべて使い果たした。脚の膨らみと体を貫く激痛だけが存在している。一秒一秒を数えるようにして耐えねばならない。その一秒一秒は彼そのものの力を確実に削り取る。その最後の一滴の力で十二日間の陸行を終え、やっと港ゼイラに着く。そして紅海を渡ってアデンへ着く。西洋人の医者はすぐに帰国を勧める。郷里で楽な死を迎えることが出来るだろうと医者は考えている。

五月九日にアデンを出発、また十日あまりの船旅も楽なものではなかった。食物を受け付けない胃袋でも船酔いのために何かを絞り出した。少量の胃液は黄色く苦かった。背中の褥瘡は血が膿に変わった。苦しみを通り越えて無気力になることがむしろ救いだった。

アフリカからの帰還時の鞄

二十日にやっとマルセイユのコンセプシオン病院に入院することが出来る。

こうして僕は横になったまま動かないように縛られ、さらに鎖につながれています。僕は一個の骸骨となり果てました。ぞっとするような姿です。背中は床ずれで痛く一分間も眠れません。

……それにしてもあれだけ働いて忍耐して苦しんできた後にこんな報いがやって来るとは、あまりにひどい、生涯はなんとみじめなのか。……

といった状態だったようだ。

たどり着いた病室は、消耗しつくし疲れ果て高熱の悪寒に震えている彼に少しは安らぎになっただろうか。

「高級船員病室　五月二十日　氏名アルチュール・ランボー　三十八歳　貿易商　アルデンヌ・シャルルビル生まれ　大腿部腫瘍」入院許可証にはそう記されている。

二〇一〇年の秋のある日、僕は船でマルセイユ港に入った。左

ノートル・ダム・ドゥ・ギャレット教会

手にはモンテクリスト伯の幽閉されたイフ島が見える（デュマの小説のモデル）。マルセイユの丘の上に立つ「ノートル・ダム・ドゥ・ギャレット教会」の十字架が海上からどんな風に見えるかを確かめたかったのだ。帰国の喜びのランボーが起き上がってその教会の十字架の煌めきを見たのではないだろうか。実際は船倉に横たわってもがき苦しんでいる彼が見ることはなかっただろうが、そう思いたかった。

二〇一九年四月僕は再び湾内のクルーズ船に乗った。晴天だったが風が強く船はかなり揺れた。海上から丘の上の教会を何枚も撮った。教会の丸い屋根には金色の印が光っている。

僕はかつての彼の詩を思い出す。

おれは、おれの脳髄に集まってきたさまざまな悪魔の魅惑を追い払うために旅をしなければならなかった。おれは海の上に、海がおれの汚れを洗い流してくれるように、慰めの十字架が立つのを、この目で見たのだ。……

錯乱（部分）「地獄の季節」より

そしてまた豪語する。

おれはヨーロッパを去るのだ。海の風がおれの二つの肺を焼くだろう。気候がおれをなめし革のようにするだろう。……それから沸騰している金属のような強い酒を飲むのだ。……おれは鉄の四肢と黒い肌と凶暴な眼をもって帰ってくるだろう。……おれの面構えを見て人はおれが強力な種族の一人になったと思うだろう。おれは黄金を手に入れる、おれは無為で粗野な人間になってやる。……いまおれは呪われの身だ。……

悪い血（部分）「地獄の季節」より

人は、何かへ挑み破れて惨めになったランボーの姿をそこに見るだろうか。腐れた棒切れのようになった彼の醜態をそこに見るだろうか。予言の豪語を虚しくただ読むだけだろうか。

コンセプシオン病院

日曜日

プレート

移植センター

僕はもうここでは直観でしか語れない。僕が文学で目指す主題がここにある。ランボーの闘い。己自身への反抗。存在への反抗。

コンセプシオン病院は腎臓移植センターや遺伝子組み換えやバイオ研究室も備えた総合病院である。かなり大きな病院だ。当時がどのような病院であったかは知らない。コンセプシオンの意味は、いわゆる「妊娠」という意味だが、「新たな約束された存在の芽」という意味とも取れる。近くに海軍学校もあったようで発祥はその関係かもしれない。

病院の受付に、ランボーがここで死んだというプレートかなにか記念碑でもありますか、と聞いてみた。ありますよ、と指された方向に行くが見つからない。結局病院内を一周することになった。それでも不満はない。勝手に歩き回って、耳鼻科の視聴覚らしき言葉が書かれた部屋が、「教室ランボー」と銘されていたのを見つけるだけで嬉しかった。また乏しい資料から見て、彼の病室があった場所が今は「遺伝子組み換え研究室」になっているようだ。しばらくうろついたあとそこを出たが、思いかえしてみると、救急センターの入り口に「ランボーがここで死んだ」というプレートがあったのではなか

病院の玄関プレート

ろうか、と気づいたがおそかった。それでも長年の希望、コンセプシオン病院を訪ねたいという希望がかなった。

二度目に訪れた時は病院の様子が随分変わっていた。プレートがあるだろうと思っていた救急入口は雑草が生え閉まっている。人が少ないのは日曜日だったからだろうか。腎臓移植センターも研究所としての動きがない。病院の受付には一人が座って手持無沙汰だ。ただ以前と違って、受付の横の壁に、大きなプレートが貼ってあり、「ランボーは一八九一年、ここから地上を去って別の世界に行った」と書いてある。廊下の天井からは、幟というか旗というかランボーの顔が描かれて何本もぶら下がっている。玄関の壁には、いつもの、「ついに見つけたぞ！　それは何？　永遠だ太陽と溶け合った海だよ」と大きく刻まれている。ランボーを売り物にしようとして経営者が前向きになったのか。最近何かイベントでもあったのか。最近になってよい評価がされるようになってきたのか。

アメリカのロック歌手のパティ・スミスがロッシュ村のランボーハウスを買ったあと、マルセイユ駅の待合室で大コンサートをやったという話もあとで聞いたが。

あとでタクシーで通りかかってわかったが、この病院は現在移転中のようだった。

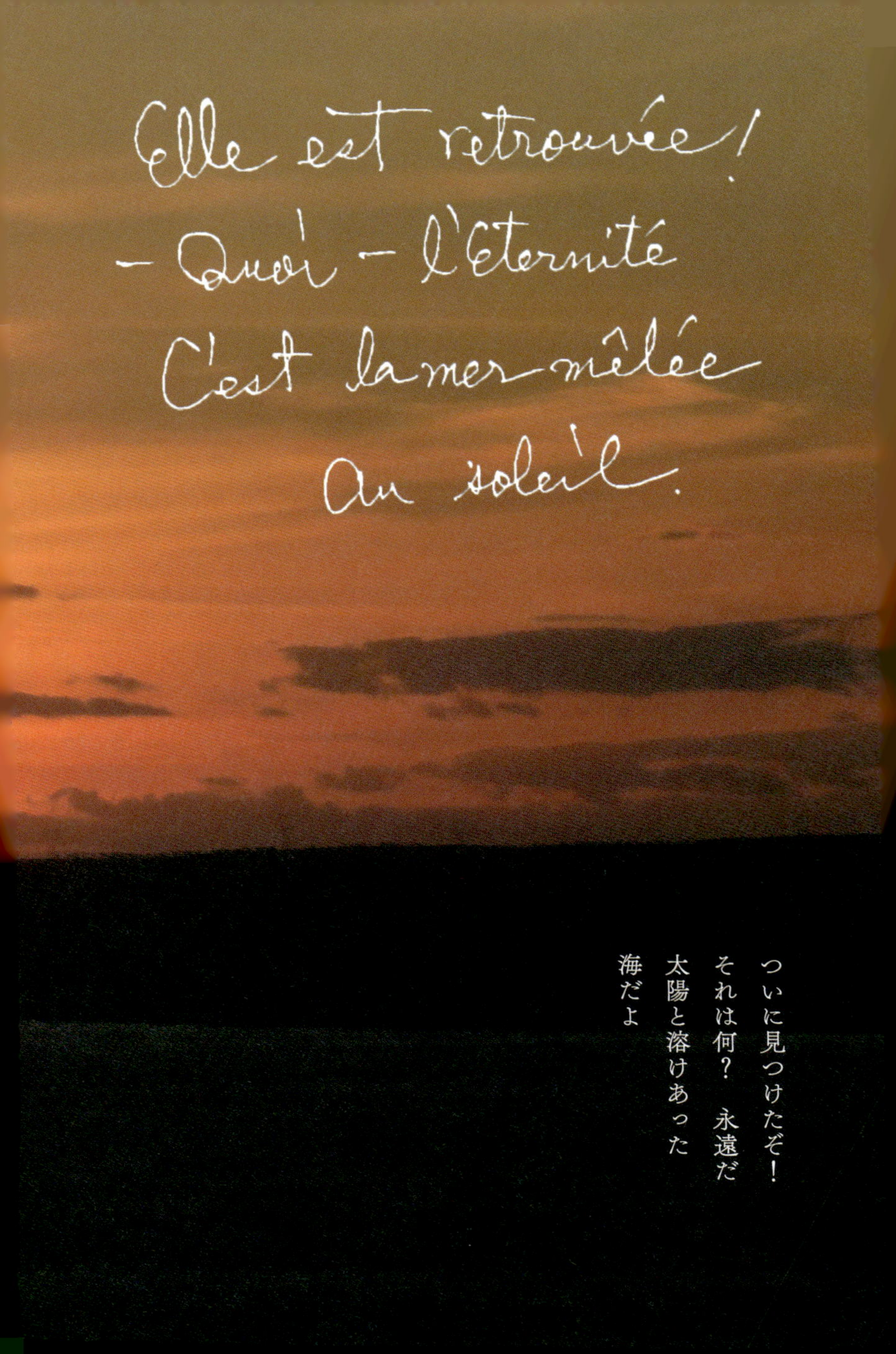
Elle est retrouvée!
– Quoi – l'Éternité
C'est la mer mêlée
Au soleil.
ついに見つけたぞ！
それは何？　永遠だ
太陽と溶けあった
海だよ

マルセイユの丘から見る地中海に沈む夕

研究所も含めて近くに大きな施設建物ができつつあった。ずっとランボー記念プレートは守ってもらいたいものだ。

最初に訪れた時のことを思い出す。

病院の前のバス停にいると、地元の若い女性がいたので、ここから「ノートル・ダム・ドゥ・ギャレット」へ行けますかと訊ねてみた。自分もそこで降りるから、と案内してくれた。

そのバス停は教会の裏に面しているようで、階段を相当に上らねばならなかった。たぶん、七百段以上はあったろう。この道を選んだのは失敗だった。くたくたになった。

地中海が空と溶け合うまで遠くに広がっていた。僕は広大な空間に一人いた。その果てはただ煌めいているだけだ。残念ながらその日の夕陽は期待できそうになかった。その彼方から、一艘の船がこちらへ向かってくるのが小さく見えた。船倉には彼が蹲っている。苦しみに責め苛まれているが、醜く歪んではいない。僕には、ばさばさ髪の少年の赤ら顔に見える。輝いている眼が美しい。

二度目にマルセイユを訪れたのは教会の十字架を確かめることと、まさにこの丘からの夕陽を見るためだった。その日は晴れていた。地中海に溶けていく太陽を見なければならない。最初に詠った少年アルチュールの永遠は、海とともに行った太陽、だった。そして二度目に詠ったのは、それはまさしく彼の予言だった、海と溶け合う太陽、なのだ。彼は太陽を灼き太陽に灼かれ、闇に潜み、真実の詩を追求し、真実の生を生き、そして最後に海と溶け合った。僕は地中海に沈む深紅の太陽をずっと見続けた。耳元を抜ける風は強い。太陽が落ちてしまう寸前、僕は背後の「ノートル・ダム・ギャレト」を振り返る。それは十字架ではなかった。太陽の最後の光に煌めく金色のマリア像だった。

五月二十二日、病院は骸骨のように痩せた彼の南瓜のように膨れ上がった右脚を切断する決定をする。さすがのランボーも苦痛と死の覚悟をする。不安である。

母親しか頼るものはない。電報を見て飛んできた母親は、十一年ぶりに見る愛する息子の変わり果てた惨めな姿に仰天する。日焼けした顔は痩せこけ、眼窩は深く落ち窪み美しかったブルーの眼は灰色に濁っている。まばらな頭髪に光はなく、白く頭皮にこびりついている。昔は汚れていても赤ら顔は瑞瑞しく、反抗と怒りのエネルギーに溢れていた。今は襤褸布のように萎んで朽ちていこうとしている。しかし、信仰深き彼女は病気と闘う用意を息子にさせる。敢然としてその力を貸す。

二十五日、手術にも立ち会う。充分な麻酔も効かない手術、鋸で脚を切断する苦痛の叫びと涙に悶絶する息子の枕もとに、母は強固な意志を持って付き添っている。

そして意外と速い傷の癒着を見ると、十日後には病院を後にする。農作業の準備をはじめねばならないし、娘のイザベルの病気も心配だ。後は神様にお任せするだけです。哀れな病人は懇願しても聞き入れてくれない母親を恨むが、彼女は気にしない。漂流物のようにほおり出されて彼は絶望に沈む。

イザベルは、若くして死んだ妹ヴィタリーの下の妹だった。いつも家にいなかったアルチュールをあちらこちらからの手紙で知っていることの方が多かった。それでも兄を十分に尊敬していた。孤独なアルチュールにはそれからのイザベルの手紙が唯一の慰めになった。それでも彼はだんだん悲観的な考えに陥ってしまうようになっていった。

「僕は昼も夜も泣いてばかりいる。もう死んだ人間だ。一生不具なのだ。どうすればいいのかわからない。気が狂いそうだ。要するに僕たちの一生というのは悲惨なんだ、終りのない悲惨だ。では何のために僕たちは生きているのか」

イザベルは尊敬する兄の力になることを決心する。決して絶望なんかしてはダメ。それでも絶望しきっている時に、安穏と平和が蘇ってくることもあるのよ。ロッシュ村へ帰っていらっしゃい。いい部屋をお兄さんのためにあけてあげる。彼女の呼びかけと、友人たちからの励ましの手紙が届くようになる。それがかえって彼を悲しみに浸らせることにもなる。

手術から二カ月、傷も落ち着いた七月二十三日、彼は突然退院を申し出る。天然痘やチフス、いろんな伝染病への怖れが彼をかきたてたようだ。ロッシュ村へ戻るのだ。

18 ロッシュ村とヴォンク駅

拙作『ロッシュ村幻影』のランボー伝の後編はここから始まる。

「一八九一年七月二十四日、時折りの雨と何日も続いた蒸し暑いその日、三十六歳のアルチュール・ランボーはヴォンク駅に降り立った。しかし故郷の土を再び踏む足は左の一本だけだった。その分だけ土の感触は重く一本の足に吸収されたであろう。しかしその懐かしさを味わうのは一歩だけでバランスを崩してすぐに抱きかかえられて担ぎ出される。……

イザベルは？　駅舎に入るとアルチュールは最初に彼女の姿を探した。イザベルは着飾って紅をつけていた。嬉しそうな表情だったが真っ直ぐに彼の顔を見ようとはしなかった。緊張していたのか、わっと泣き出しそうになるのを嫌がったのか。それともアルチュールの余りに変わり果てた風貌に驚いたのか。別れた時、彼女はまだ十代の少女だった。アルチュールには少女の記憶しかない。……

母親のヴィタリーは教会へ行く正装でロッシュ村農園の門で待っていた。信仰心を持って自分がしっかりしていればアルチュールを、片脚がないにしろ立ち直らせることが出来る。息子への憐れみと同情の涙を彼女はなんなく切り捨てた。十一年間も遠いアフリカでこのような体になるまで苦労した息子だ。必ず報われる、そうさせる、彼女は決心した。……」

ロッシュ村はアルチュールの母親ヴィタリーの父、祖父の代々の土地である。その辺りではそれなりに大きな農場であった。農繁期には雇い人も多く、家族総出で働かなくてはならない。母が早くに亡くなったので、ヴィタリーが父を手伝って女主人のごとく切り盛りしていた。少し余裕のできた父（アルチュールの祖父）は、家族を連れて近郊の都市にも住んでみようと、シャルルビルに引っ越してきた。農繁期には当然村へ帰る。シャルルビルの駅前の音楽堂の祭りにヴィタリーはランボー少佐と知り合い結婚する。そして四人の子供を産むが別れる。

最初僕はロッシュ村に行こうとして、ミュゼ・ランボーの職員から三十キロはあると言われ諦めたが、今回は一泊するつもりで用意した。偶然その日はマリオネット祭りの日だった。街中にマリオネットの大道芸人たちがそれぞれの人形を躍らせていた。観光客が通りに溢れている。市役所の前の広場には野外劇場が出来て、いつもの街と違う。いろんな屋台も出来ている。お土産屋やケーキ屋、また民族衣装のアフリカ人が鉄板の上で肉を焼いている。まさかランボーにちなんでアフリカ料理か？　僕は本屋で、ランボーの絵葉書や写真の多い彼の本を買う。ＣＤ屋で見つけたアルベール・カミュの彼自身の朗読による、「異邦人」を見つけたのは儲けものだった。

僕は公園で午後の気持ちのいい時間を過ごし、この地方の名物のムール貝の料理を味わい、彼が「酔いどれ船」を書いたカフェで数杯飲んで駅前のホテルに入った。受付にはランボーの写真が飾ってある。予約はしていなかったので、受付で待つときは不安だったが部屋は空いていた。ホテル「ユニヴェール」。一階のカフェは、外にもテーブルがあり、百四十年前、十六歳のアルチュール・ランボーが終日座ってパリへ行く汽車を見送っていたカフェだ。ある日我慢できなくなった彼は金もないまま、駅へ駆け込みパリ行の汽車に飛び乗るのだ。

ランスはシャンパーニュ地方の主たる街でその大聖堂は宗教的にも重要な教会とされている。百年戦争の時、ジャンヌ・ダルクとシャルル七世が訪れフランスの王と認められる。シャンパンの産地で後期の画家藤田嗣治も住んだ。ランスはパリとシャルルビルの間に位置する。その一つ手前にルテルという小さな街がある。この駅を通って東西に単線の国鉄が走っていたが今は廃線になっている。この東方向にヴォンク駅があった。当然そこは今は廃駅だ。ロッシュ村は、ランボーが降りたった当時のヴォンク駅から馬車で二十分ほどで着く。

今はなにもないただの田舎道、畑、雑木林。激しい情熱と苦悩を内包し、のた打ち回りながら火のような言葉を吐き出しては悶えた、青年アルチュール・ランボーが一カ月間、納屋の二階に籠って書き上げた「地獄の季節」の土地である。

後にこの村は、第一次世界大戦のドイツの爆撃で破壊された。

彼は生涯の最後の一カ月、再びマルセイユへ帰る前の一カ月をここで過ごした。安

ドイツ軍に爆撃されたロッシュ村

らぎの故郷への帰還とはいえ、苦痛と悪寒と不安にさいなまれた日々だった。苦痛の元の右脚の腫瘍は切り落としたものの、鋸で切断される気持ちの悪い感触の記憶は消えなかった。時折切り口から錐のような痛みが下腹を刺し貫いた。罌粟《けし》で痛みを消してもその後の悪寒はさらに耐えられなかった。そして不安は、次第に左脚も膨らんでくるような感覚だった。怖れのあまり考えようともせず、手で触れることもしなかったが、それがさらに不安をかきたてた。左脚まで切断したらおれはどうやって生きていくのか。親身になって世話をしてくれる妹のイザベルに当たり散らしたり疎ましく思うこともあった。

その一カ月の彼を僕は書いた。

「イザベルに連れられて一度出かけたがもう後は部屋に閉じこもった。痛みと不安と闘う気力はなく、ただ罌粟の服用で時間を過ごすのが一番楽だった。そして夢遊の悠久の空気の中を漂った。夜明け前の靄のような涼気が流れ、その中を原色の布をまとったアビシニアの女たちが入れ代わり立ち代わり囁きながら彼を誘惑して微笑んで消えていった。砂漠の暗黒の空に無数の獣たちの眼光のような星が輝き、次々に彼を襲った。またそれは手の届くところに実っている葡萄の房のように彼を飢えさせた。闇の遠くに城壁に囲まれた白い家並みのハラルの街が浮かんでは消えていった。ぬかるんだ路地裏やほこりの舞い上がる広場の雑踏が彼を呼んだ。市場の饐えた匂いと腐れた肉の匂いが混ざっていた。大きな眼の少年たちがかわるがわる彼の顔を覗き込む。数少ない友人たちとチャット「覚醒葉」を噛みながら過ごした物憂い午後の光。埃と汗で黒光りする笑顔。そして一日が終わり静寂の中、明かりを消して眼を閉じようとする時、ベッドの周りの闇が彼を安らかに包む時、彼は理由もなく静かに泣いていた。ここが自分のついの棲家だ。その闇が無性に懐かしい。

　罌粟の鎮痛効果が大きいだけその反動は激しかった。発熱の悪寒だった。それは怒りに変わった。周りにあるすべての存在が邪魔だった。四肢の痛みには怒りで対するしかなかった。体を捩じって彼は荒れ狂った。杖で花瓶を叩き割り窓ガラスを破った。何度自分の足

ランボーの死まで世話をした妹イザベル

を杖で打ち据えようとしたことか。恨みと呪わしさだった。傍にナイフがあれば彼は間違いなく自分の咽喉を突いただろう。紐があれば首を絞めただろう。彼は泣き叫んだ。この上なく惨めだった。疲れ果てると脱力感だけが残った。身体は右半身に突き上げてくる痛みに付着した肉片でしかなかった。自死を考える力も失せた」

彼は譫妄状態の中にいた。もはやものを考える力も失っていた。映像だけが脳裏を旋回した。それは救いだった。帰郷して一カ月になろうとしている時だった。

「いつの記憶だろうか。それは海と空の区別のつかない一面の紺碧と白光する太陽の輝きだった。彼は真っ白な大理石の山の頂上に立ってその海を見下ろしていた。彼は力が漲っている自分の体に感動していた。未来への世界や、獲得するだろう財産や栄光への憧れではなかった。あの時俺は死を欲していたのだ。厭わしい怖れではない。力だった。彼は自分の確実な死をじっと冷静に見つめることが出来るような気がしていた。死ぬこと、力に満ちて死んでいくこと、それがいつでもよく感動的だった」

彼は朦朧とした状態で家族に告げる。焦点の定まらない視線を周りに向けながら叫ぶ。

「マルセイユへ帰る。アフリカへ戻る」

もう誰も止められない。イザベルがマルセイユまで付き添うことになる。そこの病院で回復を待つのがいい、と母親も了承する。


ヴォンク駅はその鉄路とともに今は廃駅である。木立の間を貫いている線路は錆びてはいるが、なにかの折には利用されるとのことである。駅舎は百五十年の間に建て替えられたのだろう、残ってはいるが昔の面影はない。林檎の実をつけた林の中の煉瓦造りの建物の壁に「ヴォンク駅」というプレートが残されている。民家になって誰かが買い取って住んでいる。近寄って見ると庭があり洗濯物が干してある。

一八八〇年三月、アルチュール・ランボーはこの駅から南へ旅立った。

一八九一年七月、片脚の彼はここに戻ってくるが、八月再びこの駅ヴォンク駅から旅立つ。最後の旅立ちだ。

その百二十年後の七月、僕はヴォンクの廃駅に立っていた。

彼へのオマージュの詩を抜粋して引用する。

1870年の駅

現在は民家

ヴォンク駅に立ちて　A・ランボーの帰還

井本元義

七月の垂れ込めた蒸し暑い雲の下
木立の中の煉瓦の小さな廃駅
百三十年前　そこに一人の男が降りたつ
蜘蛛の巣のようなわずかの白髪
焼き焦がれた板切れの顔と眼
片脚の男を僕は軽く抱えて馬車へ乗せる
あまりに多くの言葉を発した口は小さく
あまりに多くを見尽くした眼は無表情
鉄の肺で帰還すると豪語した息は小さく

少年の彼が吐出す言葉は五月の朝の光だった
原色の渦になって青空へ舞いあがり嵐となり
やがて海から昇る太陽となって燃え上がった
ある時　もの憂い夏の昼下がりの一発の銃声

それはすべてを拒否したあてのない旅立ち
灼光を求めてヴォンク駅を出たのは十年前だ
見るものを見てしまえば言葉は不要だ
沈黙する存在そのものが美しい詩だ

今朝は八月なのに雹が降った
罌粟で痛みを抑えた体はまだ譫妄の中
鋸で脚を切られる振動が蘇る　なのに
アルチュールよ　君はまた故郷を捨てるのか
少しの休息をやめてなぜ再び南を目指すのか
アフリカの砂漠の闇が灼熱の光に見えるのか
ヴォンク駅から続く麦畑の先は希望のない空
虚空に満ちた光に君は自らを生贄として捧げ
全てを見てしまった詩人の宿命なのか
南へ南へとかすれた声で泣くように喘ぐ
僕は再び君を抱き上げ汽車へ乗せる

ヴォンク―アティーニー線は今は廃線

19 ランボーの死

八月二十三日にロッシュ駅を出てから、マルセイユに着くまで四つの駅を乗り換えねばならなかった。痛みに耐えかねて泣きわめき怒り狂うランボーを各駅員たちは苦労して運び乗り換えさせる。イザベルは必死だったが彼女もしばしば泣いた。最後の乗り換えはパリだった。北駅からリヨン駅に雨の中を馬車で向かう時は気を失っていた。マルセイユのコンセプシオン病院に着いたのはロッシュを出てから三十時間以上経っていた。

ランボーの死顔。イザベル画

それから二カ月余りの苦しい入院生活はイザベルの手紙や日記に書かれている。お互いのいたわりの会話や友人の訪問に泣いたり、ちょっとした安らぎの時もあるが、イザベルの覚悟、悲しみ、ランボーの苦痛、苦悩、呪いの叫び、絶望は痛々しい。そしてイザベルがスケッチしたやつれ果てた顔、死に顔、は哀れであり涙なしには見られない。

しかし、イザベルが想像するハラルの闇に籠ってギターを弾くアルチュール・ランボーの姿は僕にとってはこれ以上神々しいものはない。

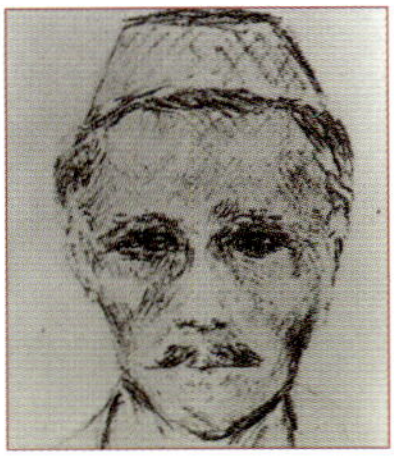
死の直前。イザベル画

僕は書いた。

「己の身体でありながら思うように動かせないもどかしさ、激痛。苛立ちは悲しみを通り越して怒りになる。それは自分自身に対する怒りになり、憎しみになる。不幸な肉体への憎しみか。それはもはや肉塊でしかない。己の存在には怒りと憎しみしか残らない。何故この苦痛に満ちた己は存在しなければならないのか。もし神が己を存在させたのなら、この怒りと憎悪は神に向けられるべきだ。苦しみを甘受し

ハープを弾くランボー
イザベル画（想像）

アフリカのランボーの沈黙ほど
美しい詩はない

――――著者

絶望を静かに受け止めてあきらめの中で滅んでいく人間はそういない。俺は耐えがたい苦痛に煩悶し神を呪う。それは神を信じることになるのか。

　何のために己は苦痛にまみれて存在しているのか。己を存在させている神を憎む。そして己の存在も憎む。しかし神が存在するなら俺を救ってくれ。彼は最後の力でそう願う」


司祭はランボーに、それが信仰なのだ、貴方は救われる、と言ったかどうか誰も知らないが。貴方のお兄さんは素晴らしい信仰をお持ちですと司祭が言ったとイザベルは日記に書いている。

　後のポール・クローデルやモーリャックなど善きカトリック教徒たちもそう信じている。

　ついでだが、ポール・クローデルが、アフリカのランボーの生活や手紙には何の意味もない、彼の文学の価値は前半で終わっている、と言っている。僕はこれには激しく抵抗する。

当時のコンセプシオン病院

ランボーが死んだ病室(当時)

イザベルはアルチュールの最後の姿をこう書いている。

彼は骸骨のように痩せ、死人のような顔色をしています。そしてかわいそうに彼の手足はすべて麻痺して、だめになって死に絶えていくのです。おお、神様、なんというあわれさでしょう

彼は口述筆記により、最後の手紙ともいうべき手紙を残している。何とも悲しく美しい。

分け前　牙一本だけ　牙二本　牙三本　牙四本

支配人殿

その翌日、十一月十日午前十時彼の命は尽きる。三十七歳になったばかりだった。

十三日に彼の遺体はシャルルビルに帰還する。十四日の葬儀に母親は誰も知り合いを呼ばなかった。しかし第一級の豪華な葬式だった。聖歌隊員、侍者、蝋燭もち等多数が参列した。葬儀のオルガンは「怒りの日」という曲だった。遺体は、アルチュールの祖父と可愛がっていた妹の間に収められた。

彼の好きだったデュカル広場、少年の彼が「酔いどれ船」を書いたカフェのある広場から市庁舎の横を通ってなだらかなプラタナスの並木道を上って行くと墓地がある。入り口にはポストがあって、アルチュール・ランボー宛の手紙を受け付けるようになっている。

墓はすぐにわかる。

墓地

ポスト

ランボーの墓

20 ランボーのDNA

彼は亡くなる前に妹に、ハラルで長年仕えてくれたジャミ・ワダイという若者に遺産の一部を送ることを頼んでいた。イザベルが手配をするが彼はランボーが亡くなる少し前にすでに疫病で亡くなっていた。

彼は兄を心から慕い長年忠実に尽くしてくれました。また二十歳になったくらいの青年であることを思うと、なおさら心が痛みます

イザベルの日記にそうある。遺産はその親戚たちに引き継がれた。

葬儀から二週間ほど経った時、イザベルは新聞を見て驚いた。兄、アルチュールがただの貿易商人でも、ただの探検家でもなかった。若い頃は、フランスでもっとも偉大な詩人の一人だったとは。しかしさまざまな評が出るにしたがって、彼女の迷いは大きくなる。投獄されたこともある、パリ・コミューンにも参加し、外人部隊では脱走もする、悪魔によって霊感を受けた詩人、彼女はそれらに反抗し名声ある兄を讃えるために全力を尽くす、と決心する。

兄の思想がまげて伝えられることに我慢がならなかった。作品の出版を全面的に禁止することにした。しかし世の流れに逆らえず、四年後、ついには逆らうことをやめる。一八九五年、ヴェルレーヌが序文を書いた『全詩集』が出版される。これにより彼の作品は世界中に広がる。

イザベルはその過程で理解を示してくれた、パテルヌ・ペリションという研究家と結婚する。残念なことに子供はいない。

アルチュールの兄のフレデリックは酒のみで馬車引きをしていた。母親からは絶縁されていたが身持ちの悪い女性と結婚していた。子供が一人いた。イザベルはそれを可愛がっていたが、幼くして亡くなった。

アルチュール・ランボーのＤＮＡはどこに流れていったか。父親のランボーはロワール県のナンティリーというところの出身で祖先は葡萄栽培者だったという。兄弟がいたらしいがその子孫に詩人の種は残っているのか。あるいはロッシュ村の母の兄弟の子孫に流れているのか。どちらにしろ遠い流れで、詩人の魂は人の知らないところでいつか現れるだろうと期待したい。

マルセイユの専門家のビアンヴニュさんの話では、フレデリックの姪の孫とかいう人が、時々アミ・ド・ランボーという組織に接触を持っていたらしいが、いつの間にか連絡がつかなくなってそのままになっているとのことだった。

アンドレ・ジッドの言葉を思い出す。

ある星々はもうはるか昔に消滅したのに、とても遠いところにあるために、我々の眼にはまだ輝いて見え、これからまだ数世紀は輝き続ける。そんな星とランボーは同じなのだ

エピローグ

輝ける闇

いつの頃からだったろうか、アルチュール・ランボーが僕の胸に棲みついて離れなくなったのは。原色の渦になって氾濫する言葉と、襤褸を纏って裏町を徘徊する美少年と、未知の都市や見知らぬ大海や山岳を放浪する彼が。そして何も語ろうともせずアフリカの闇に消えていった彼が。

彼はなぜ書くことをやめたのか。書くことになんの意味も感じなくなったのか。書けなくなったのか。彼は絶望したのか、いやふてぶてしく生きていたのか。

いや、彼の現実の生活自体が詩であり、彼は詩そのものを生きたのだ。彼の沈黙がすべてを語っている。

彼に関する本を数十冊読んだ。あらゆる評を読み、現存するほとんどの写真を見た。彼が生まれて初めて吸ったシャルルビルの空気を何度も吸った。酔いしれて彷徨したカルチェラタンをそのとおりに歩いた。旅立つ彼のようにヴォンクの廃駅に立った。手に傷を負って悲痛な時を過ごしたロッシュ村を訪れた。その墓石を何度も撫でた。僕は彼が生身の人間以上にいとおしかった。なぜ彼は、何を彼は、どうして彼は、いつ彼は、というあらゆる問いかけが僕の胸を荒れ狂った。アフリカの闇に籠って彼は何を考えていたのか。あの放浪者が十一年間も同じ闇に蹲り座っていることが出来たのか。彼は自分の生にどんな意義を認めていたのだろうか。ざらざらした現実の日々をどのようにして送ったのか。ドストエフスキーを読んでもカミュを読んでもマンを読んでも僕の視点はいつもそこへ帰っていった。

そしてハラルでの十一年間の闇、そこから発せられた数多くの残された手紙こそ、文学の最高峰の一つである、と僕は思う。彼が潜んでいた闇は輝き続けている。

左ページ：死の3カ月前、ふるさとロッシュ村で彼は何を想っていたのか（イザベル画）

Roche - 1891.
arthur Rimbaud, malade à Roche, en quelque temps avant sa mort
Dessin d'Isabelle R.
B.N EST
A 25

あとがき

「ほんのひとさじ」という書肆侃侃房の小冊子に「旅じたく」という短いエッセイを書いてから、自分の旅の記録をちゃんとまとめたいと思い始めた。それで「あちらこちら文学散歩」というブログをネットに連載していたが、それがだんだんアルチュール・ランボーの旅を追う記録になっていった。それを雑誌「海」に連載をして八回を終わったところで書肆侃侃房の田島安江さんと話しているうちに本にしたらどうかという話になった。

それでもう一度、二〇一九年四月末、彼の旅を追うことにした。ドイツ、アフリカには行けなかったが、愛蔵本プチ・フィスの「ランボー」という本で、住所のはっきりしている建物や通りや記念物をすべて写真に撮ることにした。しかしフランスはいいとしても、ベルギーは二回目、ロンドンは初めてで住所がわかってもそれがどこにあるか調べるのに一苦労である。

幸い十連休であったので、元毅という息子を連れていくことにした。ソルボンヌ大学修士で英仏語は堪能である。彼は旅の前に、新旧の住所を調べ、場所も調べてくれた。ホテルはランボーやヴェルレーヌにゆかりのある所を探してくれた。パリではランボーが泊まったホテルのまさにその部屋、ランボーとヴェルレーヌが泊まったブリュッセルの部屋、そしてロンドンでランボーが母と妹を呼び寄せたホテルもまさにその部屋、に泊まることができた。また、友人の紹介でランボーの研究家にも二人会うことができた。

実りの大きな旅であった。

この『太陽を灼いた青年』はランボーファンにとってはますます魅力に満ちたものになっているだろうし、初めての人もその人間に触れて興味を持つだろう。僕にとってもたくさんのことを新しく発見した旅であり、ますます彼の文学を通しての人間に触れてその魅力にさらに捉われてしまったことである。

この本を上梓するにあたって多くの人にお世話になった。フランスでは、ホテルオーナーのアブドさん、マルセイユのビアンヴニュさん、長年フランス詩の講義をしてもらっている福岡大学教授エレーヌ・ド・グロト先生、アドバイスをいただいた九州大学准教授倉方健作先生、来日するたびにランボーの雑誌や資料をお土産にくれるフランス在住の弁理士内田謙二さんや元読売新聞販売の山崎さん、情報交換をしている松野侑佐子さん、最初にパリ案内をしてくれた、今は亡くなったパリ在住の画家山崎勉さんと佳子さん夫妻、編集の書肆侃侃房の田島安江さん、デザインの成原亜美さん、エチオピアの写真を提供してくださったコーヒー店美美の店主夫妻故森光宗男さんと充子さん、雑誌連載中に世話になった有森信二さん、そして愚息の井本元毅。みなさんへ感謝申し上げる次第です。

二〇一九年九月

井本元義

アルチュール・ランボー年譜

1854年……ジャン・ニコラ・アルチュール・ランボー　アルデンヌ県シャルルビルにて10月20日出生　兄フレデリックは一歳年上
1858年……妹ヴィタリー出生
1860年……妹イザベル出生　父が妻子との縁を切り帰らず
1861年……アルチュール7歳　ロサ学院入学
1865年……シャルルビル高等中学校に転学　数々の賞獲得
1870年……よき師イザンバール着任　初めての家出　パリで留置所
第二帝政崩壊　共和政府樹立　二度目の家出シャルルロワ
1871年　正月早々……シャルルビル　プロシャ軍に占領される
2月……三度目のパリへ家出
3月……パリ・コミューン成立
5月……再びパリへ徘徊　パリ・コミューン参加　崩壊前に脱走
9月……ヴェルレーヌに招かれパリへ　ニコレ通りの妻の実家
高踏派詩人たちの会合　詩の朗読　狼藉　16歳
1872年……ランボーと家庭を顧みないヴェルレーヌの狂乱の日々
前年より続く　詩作　泥酔　詩人たちとの諍い

1873年……9月……二人は逃亡しオスタンドからドーヴァーへ乗船
翌日ロンドンに着く
12月……ランボー、シャルルビルに帰る

1873年……ブリュッセル、アントワープ、ロンドン、二人は再び放浪
7月……ブリュッセルのグランド・プラスのクルトレホテルでヴェルレーヌがランボーを撃つ
ランボーはサン・ジャン病院に入院
ヴェルレーヌはモンス監獄
退院したランボーはロッシュへ帰り「地獄の季節」執筆
10月……ブリュッセルの出版社で印刷完了『地獄の季節』出版
11月……ランボーが青白い顔でパリのカフェ・タブーレに姿を出すが、悪い評判と気味悪がって誰も寄ってこない

1874年
3月……友人ヌーヴォーとロンドンに住むがすぐにヌーヴォーは去る
7月……ランボーが母と妹ヴィタリーをロンドンに呼ぶ
彼は日課としてロンドン博物館へ通う
12月……シャルルビルに帰省

1875年
2月……シュットガルトへドイツ語勉強
3月……出所のヴェルレーヌに「イルミナシオン」の原稿を渡す
4月5月……イタリアを放浪
7月……母と妹ヴィタリー、イザベルとパリ滞在

ヴィタリーの病気の検査治療

1876年 12月……妹ヴィタリー死亡（18歳）

4月……ウイーンに行き追い剝ぎに遭う

6月……オランダ外人部隊入隊しジャヴァに行くがすぐ脱走

1877年……ケルン、ブレーメン　アメリカ海軍に応募するが不許可

1878年 10月……ロッシュ村よりアルプスを越えてジェノヴァ

このころ父ランボー大尉が死亡

11月……アレキサンドリアに行く

キプロスの石切り場で現場監督をするが翌年病気のためロッシュへ帰る

1880年 3月……ロッシュを出発　以後11年間帰らない

8月……アデンのバルデ兄弟商会に勤める

1884年まで……バルデ商会でアビシニア、アデン、ハラルで働く

10月……ハラルで商人として独立

1885年……ヴェルレーヌが『呪われた詩人たち』を発表してランボーを紹介してから

ランボーの詩人としての名声があがるが彼は知らない

1885年から1887年まで……ショアのメネリク王と兵器の取引にかかるが苦難の末に失敗する

1887年……仕事は過労気味だがフランスの地理学協会報や新聞に旅行記、

アビシニア情報などを寄稿

1888年・1889年……貿易代理店として従事

1890年……マルセイユの文芸雑誌より寄稿を依頼されるが無視

1891年

2月……病状深刻　右膝の静脈が腫れ苦痛増大

3月……商会を整理

4月……担架に横たわりハラル，ゼイラ、アデンから船

5月……マルセイユのコンセプシオン病院に入院　右足切断

7月……ロッシュへ戻る

8月……再びマルセイユのコンセプシオン病院へ　妹が看病

11月10日10時……死去　全身転移癌　37歳

11月14日……シャルルビルで豪華な葬儀　家族のみ

12月……偉大な詩人の死として新聞が取り上げる　家族驚く

1895年……ヴェルレーヌ序文の『ランボー詩集』が刊行され

これによりランボーの詩は世界中に知られるようになる

参考文献（順不同）

ピエール・プチフィス『アルチュール・ランボー』中安ちか子、湯浅博雄 訳、筑摩書房、1986年
ピエール・プチフィス『ポール・ヴェルレーヌ』平井啓之、野村喜和夫 訳、筑摩書房、1988年
ジャン＝リュック・ステンメッツ『アルチュール・ランボー伝』加藤京二郎、齋藤豊、富田正二、三上典生 訳、水声社、1999年
クロード・ジャンコラ『ヴィタリー・ランボー』加藤京二郎 訳、水声社、2005年
イヴ・ボヌフォワ『ランボー』阿部良雄 訳、人文書院、1967年
ロラン・ド・ルネヴィル『見者ランボー』有田忠郎 訳、国文社、1971年
アラン・ボレル『アビシニアのランボー』川那部保明 訳、東京創元社、1988年
ポール・ストレイザン『地獄の季節　ランボーが死んだ日』筒井正明 訳、講談社、1973年
イザベル・ランボオ『ランボオの終焉』菱山修三 訳、白馬書房、1979年
アンリ・マタラッソー、ピエール・プティフィス『ランボーの生涯』粟津則雄 訳、筑摩書房、1972年
ジャック・リヴィエール『ランボオ』山本功、橋本一明 訳、人文書院、1954年
ジョルジュ・ブルジャン『パリ・コミューン』上村正 訳、白水社、1961年
チャールズ・ヘンリー・L・ボーデナム『ランボーと父フレデリック』加藤京二郎、齋藤豊、富田正二、三上典生 訳、水声社、2006年

大島洋『ハラルの幻』洋泉社、1992年
竹内健『ランボーの沈黙』紀伊國屋書店、1970年
ピエール・ガスカール『ランボオとパリ・コミューン』新納みつる 訳、人文書院、1974年
鈴村和成『書簡で読むアフリカのランボー』未来社、2013年
井本元義『ロッシュ村幻影』花書院、2011年
西條八十『アルチュール・ランボオ研究』中央公論社、1967年
ジャン・マリ・カレ『地獄の遍歴者』江口清 訳、立風書房、1971年
『アルチュール・ランボー全詩集』宇佐美斉 訳、ちくま文庫、1996年
『ランボー全集』金子光晴、斎藤正二、中村徳泰 訳、雪華社、1970年
大佛次郎『パリ燃ゆ』朝日文庫、1983年
『勝者に報酬はない・キリマンジャロの雪―ヘミングウェイ全短編2―』高見浩 訳、新潮文庫、1996年
『ヴィヨン詩集成』天沢退二郎 訳、白水社、2000年
Claude Jeancolas『Passion』Textuel、1998年
CLAUDE JEANCOLAS『L'AFRIQUE DE RIMBAUD』Textuel、1999年
『RIMBAUD AU HARAR』Fayard、2002年
Jean-Jacques Lefrère『Les dessins d'Arthur Rimbaud』Flammarion、2009年
『Les lettres manuscrites de RIMBAUD』Textuel、1997年
HORS-SÉRIE Le Monde『Arthur Rimbaud Le génial réfractaire』2017年

本文は同人雑誌「海」14号〜21号に連載したものを加筆、修正した。

追記　世界中に数多のランボー研究家がいて、史実がすぐにくつがえされ変わることが多い。それ故に拙著に記されたことも、間違いや、新しい研究実証によって変わった例もある。定説はあっても、毎年のように新しいことが発見される。しかし、謎はまだ多く残っている。

註　本文中の訳者を表示していない詩・手紙・その他の文章の訳は著者

著者略歴

井本元義（いもと・もとよし）
1943年生まれ
九州大学物理学科卒
詩集『花のストイック』『レ・モ・ノワール』『回帰』
小説『ロッシュ村幻影』『廃園』
新潮新人賞佳作「鉛の冬」
福岡市文学賞『花のストイック』
文芸思潮まほろば賞「トッカータとフーガ」
仏政府主催　仏語俳句大会グランプリ
Eメール　motoyoshiimoto@yahoo.co.jp
ブログ「あちらこちら文学散歩」
https://blog.goo.ne.jp/imotomotoyoshi2
日本ペンクラブ会員
福岡日仏協会理事

ホテル・クリュニューにて

写真撮影

井本元義
井本元毅　ソルボンヌ大学修士
訳書『禁断のプロヴァンス　ラ・ドトール』
森光宗男（故）珈琲店「美美」店主　著書『モカに始まり』

写真提供

パリ在住　アブド氏（ホテル・クルニューのオーナー）
マルセイユ在住　ジャック・ビアンヴニュ氏

太陽を灼いた青年

アルチュール・ランボーと旅して

2019年10月20日　第1刷発行

著　者　井本元義
発行者　田島安江
発行所　株式会社 書肆侃侃房（しょしかんかんぼう）
〒810-0041 福岡市中央区大名2-8-18-501
tel 092-735-2802　fax 092-735-2792
http://www.kankanbou.com　info@kankanbou.com

装丁・本文デザイン　成原亜美（書肆侃侃房）
DTP　吉貝和子
印刷・製本　シナノ書籍印刷株式会社

ISBN978-4-86385-383-6　C0095